アラビアの夜／昔の女

ローラント・シンメルプフェニヒ
大塚 直［訳］

論創社

GOETHE INSTITUT This translation was
sponsored by Goethe-Institut.

アラビアの夜

昔の女

ローラント・シンメルプフェニヒ
大塚　直［訳］

目次

アラビアの夜

登場人物

ハンス・ローマイアー
ファティマ・マンズア
フランツィスカ・デーケ
カリル
ペーター・カルパチ

ローマイアー　水の音がする。水なんてないはずなのに、確かに聞こえる。六月半ば、とても暑い。九階、一〇階、一一階の住人たちから、水はどうしたとの連絡があった。原因は分からない。わたしは地下室にいた。水をせき止めているものがあるはずだ。しかし九階から上のすべての蛇口で水が出てこない。九階、一〇階、一一階のフロアは断水状態だ。まるで八階で水が消えてしまったみたいだ。たぶん漏水箇所があるんだろうが、ふつうは考えられないことだ。この手の漏水、水道管の破裂なら、すぐに気付くはずだけどな。壁を伝って床や通路へ、水が漏れ出てくるからな。

たしかに水の音がする。壁の向こう側から聞こえてくる。水が噴出《ふきだ》す音だ。歌のように響いている。回廊に歌の道すじがある。階段の吹き抜けから歌が聞こえる。八階にも道すじがあるはずだ。わたしはエレベーターに乗って、点検のために八階へと向かう。ひっきりなしに水の音が聞こえてくる。

エレベーターは今にも壊れそうな音を立てる。八階。右側に一五世帯あり、エレベーターを挟んで、左側に一六世帯ある。どちら側もキッチン・バス付きで3LDKの間取りだ。通路の突き当たり右、八階三二号室前に、デーケさん宅に同居するアラビア人女性、ファティマ・マンズアさんが立っている。八階三二号室は、キッチンバルコニーと窓が南東向きに、浴室が西向きに付いている。同居人のアラビア人女性は、腕に買い物袋を三つもぶら下げたまま、部屋の鍵を開けようとしている。でもどうしてそんな面倒なことをするんだ？　いったん荷物を下に置いてしまえばいいのに？

ファティマ　エレベーターから今にも壊れそうな音がする。腕にビニール袋を三つもぶら下げたまま玄関の鍵を開けるのは楽じゃない。うまくいかないわね。
ローマイアー　おや鍵を落としたぞ——荷物を落とすよりマシか。
ファティマ　鍵が落っこちちゃった。でも何とか肘で玄関のチャイムを鳴らす。フランツィスカが帰っているはずだわ。きっと彼女は部屋にいる。チャイムを聞いてくれないかしら。管理人のローマイアーさんが、いつもの紺色の作業服を着て通路をこちらへ歩いてくる。暑いわね。
ローマイアー　彼女はもう一回、チャイムを鳴らす。彼女は買い物袋を持ったまま全身で、左肘をうまく使いながら、玄関のチャイムを鳴らしている。
手を貸しましょうか？
ファティマ　あらどうも、ご親切に。でも、大丈夫。今日は暑いですわね？
ローマイアー　今年の最高気温だって、夜七時のニュースで言ってました。
ファティマ　で——まだ働いてらっしゃるの、ローマイアーさん？
ローマイアー　原因不明なんですが——きょうは九階、一〇階、一一階で水が出なくなってます。
ファティマ　あら、一一階建てしかないマンションで、良かったですわね。
彼ったら、笑わないわ。
ローマイアー　ええ……
ファティマ　なんだかボーッとしてるみたい。心配だわ。
ローマイアー　お宅の水の様子はいかがです？

ファティマ　そうね、分からないわ――だって、いま帰宅したばかりだもの。なにか不具合が見つかったら、また後でご連絡いたしますわ。
ローマイアー　ええ、そうなさってください。たぶんどこかで水が漏れてるんでしょう。
彼女はもう一回チャイムを鳴らすが、玄関には誰も出てこない。
おや失礼。
ファティマ　彼はしゃがんで、あたしの鍵を拾ってくれる。最初は鍵を手渡そうとしたけど、相変わらずあたしの両手がふさがっていることに気付くと、彼は呆然として突っ立っている。
ローマイアー　彼女はキーケースに実にたくさんの鍵を付けている。
ファティマ　微笑んでみる。だってそれしかできないもの――この人ったら、あたしのキーケースをずっと眺めているわ。
ローマイアー　実にたくさんの鍵ですね……
ファティマ　開けてくださる――？
彼に場所をゆずる――
ラクダの付いている鍵がそうです。
ローマイアー　ラクダとは、特別きれいでもない、傷まみれのプラスチック製キーホルダーのことだ。
ファティマ　彼は鍵穴に鍵を挿し込む――
ローマイアー　ついでにお宅の水まわりを点検しても構いませんか？　正常に水が出るかだけ、確かめたいのです。

ファティマ　それはダメ、絶対にダメよ――

ローマイアー　鍵穴に挿した鍵をひねろうとした瞬間、部屋の中から誰かがドアを開ける。わたし達の前には、八階三二号室の借り手フランツィスカ・デーケさんが汗をかいて、ほとんど何も着ていない姿で立っている。

わお――

フランツィスカ　ふう――なにか聞こえた気がしたもので。いらっしゃい。

ローマイアー　こんにちは、デーケさん。

フランツィスカ　こんにちは。

ローマイアー　後でもう一度お伺いした方がよさそうですね――

ファティマ　お好きになさって。チャイムを鳴らす音が聞こえなかったの？　三回も鳴らしたのよ――

ローマイアー　彼女は買い物袋を持ったままドアにもたれている。

フランツィスカ　気付かなかったわ――わたしはソファで休んでたんだから。

ローマイアー　鍵が挿さったままだ。わたしは鍵を引き抜いて、マンズアさんに手渡す。

ファティマ　彼が鍵を手渡すので、指で買い物袋のあいだに挟む。どうもすみませんね。それじゃまた後で断水の件で寄ってくださいね。

ローマイアー　ええ、きっとお伺いします。それでは、とりあえず、ごめんください――

ファティマ　荷物を持ってあたしはもう部屋の廊下まで来ている――

ご親切に！　ドアを閉める。鍵束を支えきれなくなって、床へ落っことしてしまう。

ローマイアー　ドアが閉まる。彼女がまた鍵束を床へ落っことしたような音がする。
ファティマ　買い物袋をキッチンへ置いてくる。
ローマイアー　フランツィスカ・デーケと玄関チャイム横の黄ばんだネームプレートに書いてある。手書きだ。でも誰も気に留めなかったろう。もう何年も前から彼女はこの部屋に住んでいるというのに。
ファティマ　どうして玄関を開けてくれなかったの？
フランツィスカ　開けてあげたじゃない――
ファティマ　すぐによ。

フランツィスカはリビングへ戻っていく。

フランツィスカ　眠ってたんだと思う。ソファで。暑かったから。
ファティマ　カーテンを閉めればいいじゃない――
フランツィスカ　そんなの無駄よ。シャワーを浴びてくるわね。
ファティマ　やってみなさい――九階、一〇階、一一階フロアはいま断水状態だから。
フランツィスカ　本当に？
ファティマ　だからローマイアーさんが来たんじゃない。
ローマイアー　すぐに部屋へ入っておくべきだったかな？　いや、そんな状況じゃなかった。だってあの娘《こ》は、まともな格好じゃなかったからな。
ファティマ　あの子はいつもそう。

ローマイアー　顔は真っ赤に火照《ほて》っていたし、金髪《ブロンド》のショートヘアも汗でびっしょりだった。やっぱりお邪魔してる場合じゃなかったな。
ファティマ　実験所の仕事から家へ帰ると、あの子は服を脱ぎ散らかして、ソファで横になる。それから眠気を催すと、決まってシャワーを浴びにいくのよ。
フランツィスカ　ものすごく眠いんだけど、シャワーを浴びた方がいいわよね？
ファティマ　そうしなさい。
フランツィスカ　うん、そうよね。そういえばわたし、今日はずっと何してたんだっけ？
ファティマ　彼女は、どうしようかと廊下に立って、考え込んでいる。
ローマイアー　住人たちは仕事から家へ帰って来ると、夕食の仕度をするか、シャワーを浴びるかだろう。でも水が出ないと、どうなる？
フランツィスカ　どうしていいか分からない。ねえ、あんたも一杯飲む？
ファティマ　いいえ、結構よ、まずは荷物を片付けるから。
フランツィスカ　一杯入れてあげるわ。
ファティマ　さっさとシャワーを浴びてきなさい――
彼女はソファへと戻っていく。
フランツィスカ　どうしようかな。
ファティマ　さあ、はやく――
フランツィスカ　うん、そうね――

カリル　もうすぐ八時半。さあすぐにでも電話がかかってくるはずだ。
ローマイアー　もうすぐ八時半。わたしはエレベーターの前に立って、もう一度八階三一号室に戻ってチャイムを鳴らしたほうがいいか、考え込む。
ファティマ　ソファの前の小さなテーブルにコニャック瓶が置いてある。
フランツィスカ　もう残り少ないわね。
ファティマ　新しいのを買って帰ったわ。
彼女はグラスに注《そそ》ぐ。
ローマイアー　無理だ。今になって戻れるわけない。
カリル　もうすぐ彼女が電話をくれる。おれは電話のそばに座って、待つ。まもなく電話がかかってくるって分かる。毎晩のことだ。おれはあいつを愛している。
ファティマ　あの子はコニャックのグラスを手にしたまま、ドア枠に立って、どうしたらいいか分からないでいる。
ローマイアー　後で電話した方がいい。それからまた上まで行って、点検するとしよう。
フランツィスカ　やっぱりシャワーを浴びてくるわ。
カリル　あいつは毎晩、電話をくれる。決まって夕陽が沈む前だ。
ファティマ　そうしたいのね？
フランツィスカ　ええ、そうするわ。
カリル　おれは窓からあたりを見渡して、あいつから電話がかかってくるのを待つ。

ローマイアー　エレベーターが来る。とても動きが遅い。通路の方を振り返って、上から下まで辺りの壁を見渡す。水の音が聞こえる。いたるところから。
ファティマ　彼女は向きを変える。
カリル　どうして電話してこない？
ファティマ　それからまたあたしの方に振り返る。
フランツィスカ　ヘンだわ。
ファティマ　何がよ？
フランツィスカ　わたしって、きょうは一日中、何してたんだっけ？
ファティマ　働いてたんでしょ？
フランツィスカ　たぶん。
ファティマ　じゃあ――シャワーを浴びてきなさい――
フランツィスカ　でも、なあんにも思い出せないのよ――
ファティマ　まあ、大丈夫よ――
フランツィスカ　うん、そうね――
ローマイアー　エレベーターのドアが開く。
フランツィスカ　シャワーを浴びてくるわ。
ファティマ　そうなさい。
カリル　太陽は西の方角に沈みかかっている。でも電話がかかってこない。

ファティマ　電話する時間だわ。
ローマイアー　乗っても平気かな？
フランツィスカ　本当にシャワーが必要かな？
カリル　まだ電話してくれるかな？
ファティマ　シャワーを浴びるのよね？
フランツィスカ　うん、でも――
ローマイアー　階段を使うことにする。
フランツィスカ　そうね――
ファティマ　あの子は浴室へ行く。あたしは受話器を手にとる。
ローマイアー　わたしは階段を下りていく。階段の吹き抜けは歌のように響いている。
ファティマ　来るわよね？
カリル　ああ、もちろんさ――
ファティマ　でも、もうちょっと待って――
カリル　分かってるって――
ファティマ　暗くなるまで待ってね。
カリル　分かってるさ――また後でな。
ファティマ　また後でね。
ローマイアー　七階。

カルパチ　夕方になった。ぼくは窓からC街区のマンション正面を目の前に見ている。ちょっと、まぶしかった。光の反射がぼくの目に飛びこんだからだ。真向かいのマンション八階住居の浴室の曇りガラスが大きく開いている。洗面台の上にある小棚に、西の方角へ沈んでゆく夕暮れの太陽がまぶしく反射している。蛇口の横にあるマグカップの歯ブラシさえ、ここからはっきり見てとれる。ショートヘアのブロンド娘が浴室へ入ってくる。

ファティマ　あの子は浴室にいる。毎晩、夕陽が沈む前は決まってこんな調子――彼女は帰宅する。服を脱いで、眠くなる。それから突然、その日にあった出来事はすっかり思い出せなくなる。

フランツィスカ　わたしは浴室にいる。そばにはプラスチック製マグカップに歯ブラシを入れた洗面台がある。

カルパチ　彼女は下着しか履いてない。下着を脱ぐと、向きを変えて、バスタブに入ってゆく。彼女は蛇口をひねって水を出すと、シャワーを浴びはじめる。

ファティマ　あの子はシャワーを浴びている。

ローマイアー　六階。水の音が聞こえる。

カリル　彼女が電話をくれた。もうじき暗くなる、そしたらあいつの許《もと》へ行ける。

フランツィスカ　冷たい水がわたしの背中を流れていく。

カルパチ　向かい側では水が出るんだ、おかしいな。ぼくらのBマンションではもう二時間も前から何も出てこない。たぶん送水管のどこかが破裂してるんだろう。ありえないけどな、特にこんな季節は。

ファティマ　彼女は毎晩、帰宅後はシャワーを浴びる。それも長く浴びたがる、本当に長く。

カルパチ　彼女はバスタブに腰かけて、シャワーを浴びている。ボーッとした表情だ。窓が開いていることに、まるで気付いてないようだ。体を洗い流しているようだけど、ここからじゃあの娘《こ》の頭しか見えない。ときどき右腕も見える。

ローマイアー　五階。

フランツィスカ　わたしはバスタブに腰かけて、ボーッとしている。きょうは一日中、いったい何してたっけ？

ファティマ　浴室で水の流れる音がする。

カルパチ　ぼくは窓辺で体を洗う女を覗くために、ここでじっとしてるわけじゃない。何かがヘンだぞ。水のざわめく音がする。

フランツィスカ　あら、窓が開いたままだわ――

ファティマ　あの子は仕事から帰ってくる、彼女は実験所で働いている。そして玄関へ入ったとたん、その日にあった出来事はどんな瞬間すらも、すっかり思い出せなくなる。やがて日が暮れる頃になると、あの子は自分の名前さえも、完全に忘れてしまう。

カルパチ　水の音が聞こえる。

カリル　おれはポケットに鍵を突っ込むと、ヘルメットを手にとる。

カルパチ　こんなことってあるかな？　外から聞こえるのかな？　ぼくは窓を開けてみる――

ローマイアー　四階。

フランツィスカ　向かいのマンション、B街区の日陰側八階で、窓が開く。
カルパチ　外から聞こえるわけじゃない。
フランツィスカ　男の人が窓から身を乗り出してる、まるで何かを探してるみたい。
カルパチ　歌のように響いている。
フランツィスカ　何を探してるのかしら？
カルパチ　中からでもない——この水の音は。
フランツィスカ　あそこからわたしが見えるのかしら？　まさかね。
カリル　おれはバイクのエンジンをかける。
フランツィスカ　わたしって、きょう一日中、ずっと何してたんだっけ？——
ファティマ　ここに住みはじめてから、ずっとそう。四年前からあたし達はこの部屋で一緒に暮らしている。太陽が沈むと同時に、あの子は結局ソファで眠ってしまう、毎晩。それから、あたしの恋人カリルがやって来るの。あの子はあいつの存在を知らないし、想像すらしていない。だって彼が来るとき、あの子はいつもすっかり眠り込んでいるから。
ローマイアー　三階。
カリル　あいつと知り合ってからもう二年になる。おれの人生でたったひとりの女。あいつを裏切るような真似はしない。絶対に。
フランツィスカ　あの男《ひと》はふたたび窓を閉める。その窓ガラスに紺色になった夜空が反射する。あの位置からわたしの姿が見えるとは思えない。

カルパチ　彼女は蛇口を閉めて、立ち上がる。そして体を拭いている。
ファティマ　あの子に彼の話をしたことは一度もない。
フランツィスカ　わたしは体を拭くと、バスタオルを巻いて、浴室を出る。
ファティマ　でも、どうしてかしら？
カルパチ　あの娘《こ》は浴室から出ていった。
ファティマ　分からないわ。
カリル　いつもこんな調子だ。おれは陽《ひ》が沈むまで待ってなきゃならない、そしたら彼女に会いに行ける。おれは小型バイクに乗って、彼女の許へと急ぐ。小さな部屋へ入ると、彼女は玄関でおれを待っていてくれる。ソファでは、彼女の同居人フランツィスカが横になって眠っている。彼女が目を覚ましたことは一度もない。彼女はおれのことをぜんぜん知らないし、一度も会ったことはない。彼女はおれの存在を予感すらしていない。
ローマイアー　二階。
ファティマ　ほら、スッキリしたでしょ？
フランツィスカ　うーん。
ファティマ　ソファで横になりたいわよね？
フランツィスカ　もうすぐ陽が沈むわね。
ファティマ　もう一口、コニャックはどう？
フランツィスカ　あふ――

ファティマ　彼女はあくびをする。
　　きょうはどんな調子だったの？
フランツィスカ　きょう？
ファティマ　ええ――
フランツィスカ　どこで？
ファティマ　仕事じゃないの？
カルパチ　いま太陽が沈んでいく。でも耳元では、相変わらず例の音が聞こえる――水のざわめき、
　　まるで今も彼女がシャワーを浴びるのを聞いているみたいだ。
フランツィスカ　どんな仕事よ？　なんの話をしているの？
ファティマ　彼女のまぶたが閉じていく。
ローマイアー　一階。下まで来た。
カリル　目の前の道をバイクのヘッドライトが照らしている。暖かい。もう前方に高層マンション
　　が見えてきた。まもなく到着する。
ローマイアー　純粋な好奇心から、一階のエレベーター横のボタンを押してみる。
カルパチ　歌のざわめきがぼくをこの部屋から連れ出し、向かいのCマンション八階にいるあの娘《こ》の
　　許へと引き寄せる。
ローマイアー　もっと早く気付けばよかった。ボタンを押しても、機械が作動しない。エレベーター
　　は八階で止まったまま、もはや動こうとしない。故障してしまった。ついに。

ファティマ　もう寝ちゃった？

フランツィスカ　う〜ん？

ファティマ　眠っているんでしょ？

フランツィスカ　えっ？

ファティマ　眠ったわよね？

フランツィスカ　もうそっとしといて——

カルパチ　部屋を出て——彼女の許へ急がなくちゃ。

ファティマ　夜明けになると、あの子は再び目を覚ます。すっかり目覚めると、アラビアコーヒーを淹《い》れて、あたしを起こしにくる。おはよう、ファティマ、わたしの東洋のお姫さま、もう仕事に行かなきゃいけないの、でも教えて、夕べはまたソファで寝てしまったようなの、どうして起こしてくれなかったの？
あの子が夜中に目を覚ましたら、どうなるかって、考えてみる。

カルパチ　ぼくは通路を歩いて、エレベーターへと向かう。どうしても彼女と言葉を交わしたい。

ファティマ　もし誰かが彼女を目覚めさせることに成功したら、一体どうなるかしら。

カルパチ　エレベーターは上に来ている。あの娘《こ》に歌のざわめきについてどうしても語りたい。小窓の付いた金属製ドアを開けると、エレベーターに乗り込んで、一階のボタンを押す。内側の安全扉がカタカタと鳴って閉まると、ぼくは下へ降りていく。

ファティマ　いつかは誰かがやって来て、彼女に目覚めのキスをするでしょうね、たぶん。

カルパチ　七階、六階。耳元から、トルコ風呂[1]にでもいるような、水の音が聞こえてくる。五階、四階。

カリル　だんだんと高層マンションが近づいてくる。無数の部屋のカーテンの向こう側には明かりが点《つ》いている。あの上にファティマは住んでいる。

カルパチ　三階、二階。

ローマイアー　わたしは半地下の通路に沿って自分の部屋まで歩いていく。エントランスまで来たとき、別れた妻の声が突然、頭をよぎる。

カルパチ　一階。ぼくはエレベーターを降りると、マンションのあいだの芝生を横切っていく。すっかり暗くなっている。どの部屋にも明かりが点いている。ベランダのドアは開いている。

ローマイアー　あいつの話している光景が、わたしの脳裏に浮かぶ。

カルパチ　ぼくはCマンションのエントランス前まで来て、八階の高さまで見上げる。

ファティマ　もしも誰かがやって来て、彼女にキスしたなら、きっとこの夜は消え去るでしょうね。彼女がソファで眠り続け、そのそばであたしがテレビを見たり、カリルと一緒に過ごしたりしている、この夜は。

カルパチ　エントランスは開いている。

ローマイアー　もうどれほど忘れていただろう――

カルパチ　エレベーターで行くか、階段にするか？　辺りの壁からは水のざわめく音がする、たしかに聞こえる。ぼくはこのざわめきを辿って――階段を上に上がっていく。

カリル　もうすぐだ。

ファティマ　マンションの前でカリルのバイクの音がする。
ローマイアー　どうして今になって突然、思い出すんだ？
カルパチ　二階。
カリル　あいつにはもうおれのバイクの音が聞こえているはずだ。
ファティマ　彼が来たようね。
ローマイアー　こんなこと考えても仕方ないな。
カリル　入口にバイクを停める前に、おれはもう一度アクセルを吹かす。ヘルメットはいつもどおり荷台に結んでおく。
ローマイアー　考えたって無駄だ。
カリル　おれはマンションの前まで来て、八階の高さまで見上げる。あの上に彼女は住んでいる。
ファティマ　もうすぐエレベーターに乗って彼が上がってくる。
カリル　エントランスは開いている。
カルパチ　三階。
カリル　エレベーターで上がっていくか、階段にするか？　おれはどうしようかと悩みながら、エレベーターの深みどり色の金属製ドアの前に立つ。
ローマイアー　あいつが目の前に立って、わたしと話している光景が目に浮かぶ。
カリル　おれはエレベーターのボタンを押してみる。動かない。もう一回押してみる。よし。
ファティマ　もうすぐだわ。

カリル　エレベーターが下りてくる。イヤな音がする。
カルパチ　四階。
ファティマ　フランツィスカは眠っている。
ローマイアー　忘れてしまえ。
カリル　よし下りてきた。内側の安全扉が開く。おれは小窓の付いた金属製ドアを開けると、エレベーターに乗り込む。そして八階のボタンを押す。許容重量は四〇〇キロ、搭乗定員は五名まで。一九七二年製造、リュッベス＆ペータース社製。
ローマイアー　忘れてしまえばいいんだ。
カリル　安全扉がカタカタと鳴って閉まる。エレベーターが上に上がっていく。二階。
ファティマ　そろそろ玄関で待ってなきゃ——
カリル　三階。エレベーターのモーターの音がヘンだ。四階。
カルパチ　五階。
カリル　五階。ありえないぜ。六階直前でエレベーターが止まってしまった。動かない。
ローマイアー　ダメだ。
ファティマ　今どこかしら？
カリル　エレベーターが止まってしまった。こんなことってありえない。ピクリとも動かない。非常ボタンすらないじゃないか。
ローマイアー　今になって思い出したが、エレベーターのドアに「故障中」の紙を貼っておくべきだった。誰かが不審に思ったり、何時間も待っていたりしないようにな。
カリル　気がヘンになりそうだ。誰かあ？
ローマイアー　家にいるときは作業服を脱いでちょうだい、彼女ならきっとそう言っただろうな。
カルパチ　六階。ドキドキしてきた。
カリル　聞こえませんかあ？
ローマイアー　リュッベス＆ペータース社の整備士にも電話しておかなきゃな。
ファティマ　たしかにバイクの音がしたわ。あたしはキッチンバルコニーに出て、下の方を覗いてみる。やっぱりそう、彼のバイクが停めてある——いつも通り目印《めじるし》に赤いヘルメットが荷台に結んであるわ。でもカリルはどこへ行ったの？
カリル　こんにちはあ？
ローマイアー　でもきょうはもう電話できないな。もっともエレベーターが八階で止まってる限りは、なにも起きはしないだろうが。
ファティマ　あたしは部屋の外に出てみる。玄関のドアは開けっ放しにして、通路を歩いていく。カリル？　こんなことは今までなかった——
カルパチ　七階。
ファティマ　エレベーターは動いていない。だったら階段で来ているはずだわ。彼が来ている方へ行ってみましょう。
カリル　こんにちはあ？　誰もいないようだな。

ファティマ　階段を上がってくる音がする――きっと彼に違いないわ。
カルパチ　誰かが上から下りてくるぞ。
ファティマ　違った、彼じゃない、知らない人だわ。
カルパチ　アラビア人みたいな女が神経質そうな目つきでぼくを見ながら急いで階段を下りていく。
ファティマ　見たことのない人だった。
ローマイアー　わたしは作業服が嫌いだって、知っているでしょ。
ファティマ　七階。
カリル　ファティマだってバイクの音を聞いてたら、おれが来ないことを不審に思って、きっと探しに来るだろう。誰かあ？
カルパチ　八階。上まで来た。シャワーを浴びていた女の部屋は、通路の突き当たりにあるはずだ。彼女がドアを開けたとき、ぼくはなんて言ったらいいか、分からない。
ローマイアー　間《ま》。作業服なんて昔から大嫌いだったわ。
カリル　ファティマかい？
ファティマ　六階。
ローマイアー　わたしはもう一度上に行って、点検を済ませることにする。水道管をチェックしてもよいか、今から上まで行って、ちょっとデーケさんに訊《き》いてみよう。
カルパチ　ぼくは通路に沿って歩いていく。耳元では水のざわめく音がする。
カリル　誰もおれを見つけ出してくれなかったら、一体どうなる？

ファティマ　五階。あたしは階段を駆け下りる。カリル？
ローマイアー　遅くなって伺うよりはマシだからな——
カルパチ　玄関のドアが開いている。
ローマイアー　やっぱりもう少し後がいいかな——あの娘《こ》はほとんど何も着てなかったからな。
カリル　誰か聞こえませんかあ？
ファティマ　四階。
カルパチ　玄関のドアが開いている——
ファティマ　カリル？　どこなの？
カルパチ　誰かいませんか？
カリル　誰かいませんかあ？
ファティマ　誰かいないの？　三階。
ローマイアー　もう少し後で伺った方がいいな。
カルパチ　ごめんください？　ぼくは部屋の中へ入っていく。
ローマイアー　いや待てよ？
カリル　おれは繰り返しエレベーターのボタンを全部押してみた。無駄だった。
ファティマ　二階。
カルパチ　ぼくの胸は高鳴る。
ファティマ　あたしは息を切らしている。一階。そういえば上で、玄関のドアを開けっ放しにしてきたことに気付く。

カルパチ　あの娘《こ》がいた。ソファに寝そべって眠っている。彼女ときたら、ビックリするほど美しく見える。熟睡してる。ぼくの耳元では水のざわめきが、頭の中であの歌が、いよいよはっきりと聞こえてくる。

カリル　見込みなしだ。

ファティマ　カリルがいないわ。こんなのって考えられない。あたしは小さな玄関ホールまで出てみる。たしかにバイクは停めてある――暖かい風がさっと吹きぬける。後ろでエントランスの鍵がガチャンと閉じてしまう。鍵は持っていない。

ローマイアー　わたしは上へ行くことにする。

ファティマ　エントランスが閉まった。

カルパチ　どうすりゃいい？　見ず知らずの部屋の中で、眠っている女のそばにいる。しかも彼女は、ほとんど何も着ていない。

ファティマ　フランツィスカにインターホンを鳴らしても無駄よね――どうせ起きてきやしないから。

カリル　この中はかなり暑いな。

ファティマ　人の出入りはないわね。

ローマイアー　さすがに服を着る時間はもう十分にあったろう。わたしは半地下の通路に沿って歩いていく。

カルパチ　ぼくは眠る彼女、その真っ白な肩のそばへと行って、ひざまずく。ソファの前の小さなテーブルには、ほとんど空《から》になったコニャック瓶が置いてある。
ローマイアー　明かりが消える。
ファティマ　通路の明かりが消えたわ。マンションの鍵を持っている人はだれも来ない。あたしの頭上には、一一階建てマンションのベランダと、雲ひとつない夜空が見える。
カリル　ここから出なきゃな。
カルパチ　一口もらう。
ローマイアー　わたしは暗闇の中を階段まで歩いていく。
ファティマ　あたしの目の前には、インターホンのネームプレートがぎっしりと並んでいる。上から順に名前があって一列になっている。リッツコフスキー、アンゾルク、リヒター、サディチュ、トンプソン、ケルテ、ベートゲ、ベーレンツ、シュレッサー、リーリング、ダカナリス――
カルパチ　彼女の金髪《ブロンド》のショートヘアにそっと触れる。ごめんよ、ぼくはただ――
ファティマ　ヒンリクス、バルテルス、デュヴェル、ザンダー、アヴラム、フィッシャー、エックシュタイン、ヴィアーニ等など。どこから手を付けようかしら。再び通路に明かりが点《つ》く。きっと誰か出てくるわ。
ローマイアー　水は八階で消えている――それに太陽が沈んでから、辺りの壁のざわめきも、以前よりますます激しくなってきた。
カルパチ　さっき君がシャワーのために浴室へ入ったとき、ぼくは向かいのマンションの窓際に立って、君のことを見ていたんだよ。

ローマイアー　一階。

カルパチ　分かるかい――ぼくは向かいのマンションに住んでいる、そして君の浴室での光景を眺めてたんだ。曇りガラスが開いていたからね。歯ブラシが置いてある洗面台の上の小棚には、夕陽が反射していた。

ローマイアー　一階でエレベーターの金属製ドアに貼紙をしておく。「故障中」。

カリル　エレベーターの床に座って、閉じたままの安全扉をじっと見つめる。

ファティマ　あれはローマイアーさんだわ――ちょっとお！

カルパチ　ぼくは君の様子を眺めていた――君は蛇口をひねっていた。あのときの君は、君の姿ときたら――

ファティマ　ちょっとお！

カルパチ　君の姿ときたら――なんて言えばいいのかな――

ローマイアー　八階まで歩くことになるなんてな。

カリル　この安全扉をぶち破りさえすれば、どうにかなるかもしれない。

ファティマ　こっちを見やしないわ！

カルパチ　曇りガラスは開いていた、そして夕陽が反射していたんだ――

ファティマ　彼は階段の吹き抜けへと消えていく――見えなくなった。

カリル　そうすりゃ、おれの声だってもっと聞こえるはずさ――

カルパチ　あの瞬間に、君にキスしたいって思ったんだ——でもそれは今になって、初めて気付いたことさ。
ファティマ　あの子はブザーに気付きやしない、それでも一応はやってみる。あたしは自分たちのネームプレート「デーケ／マンズア」のインターホンを押してみる。
（インターホンのチャイムが鳴る）
カルパチ　インターホンのチャイムが鳴っている。
ローマイアー　二階。
カルパチ　インターホンのチャイムが鳴った、でも彼女は起きやしない。
ファティマ　彼女は眠ったままね。
カルパチ　彼女は眠ったままだ。
（インターホンのチャイムが鳴り続ける）
ファティマ　やっぱり——
カルパチ　誰かが下のエントランスまで来ている。そういえば玄関のドアは開けっ放しだったからな——
ローマイアー　三階。
カリル　おれは安全扉の細いすきまに、指を突っ込めないか、やってみる。
ファティマ　あたしはネームプレートの列に上から下まで目を通してみる。あたし達の真下、七階には、カトゥヤ・ハルティンガーさんが住んでいる。彼女は金曜日の夕方になると、決まって地下室で洗濯をはじめる。だから彼女のことは知っている。でも金曜日のこの時間帯に、彼女は地下室へ行ってしまうのよね。今日がその金曜日だわ。

カリル　だけど扉はビクともしない。一センチだって動かない。

ローマイアー　あなたはなにも分かってくれなかった、なあんにも——、どうして今になってこんなことを思い出すんだ?

カルパチ　ソファで眠る彼女は、無邪気で、明るくて、好奇心旺盛な娘《こ》に見える——

ファティマ　カトゥヤは開けてくれない。次は六階に住むヒンリクスさん宅で試してみる。でもこの家は、夜になると旦那が働きに出るから、旦那が留守ならきっと奥さんだってドアを開けやしないわよね。

カリル　おれはボタン横の壁に背中を強く押しあて、安全扉を足でこじ開けようとする。

ローマイアー　四階。

カリル　すべっちまった——

カルパチ　彼女と過ごす日曜の朝はきっと素敵だろうな、最初は二人で街へ行って、見知らぬカフェを探索したりして。

カリル　もう一回だ——

ファティマ　五階に住むマリオン・リヒターさんは、今日みたいな金曜の夜はふつう、恋人のアンディとテレビを見て過ごしてるわね。彼女ならきっと出てくれるわ。

カルパチ　そしてぼくらの前にはカフェ・ラテのマグカップが置いてある。いや、ラテ・マキアート

カリル　がいいな。

カリル　扉がゆるんできたぞ。

ファティマ　待てよ、二人で料理を作って、体を寄せ合いながら、一緒にお風呂に入ってるかもしれないわね。

カリル　でも、まだだ。

ファティマ　いいわ、やってみる――あたしはインターホン越しに話しかけてみる、でもまだ誰も返事をしてくれない。もしもし？　誰かいませんか？

カリル　もう一回だ。

ファティマ　もう一回、インターホンを鳴らしてみる。

――

いいかげん出なさいよね。

カリル　今のをもう一回、やってみよう。

――

いいかげん開けよ。

ローマイアー　五階。

フランツィスカ　お母さんがキッチンにいる。照明が点《つ》いている。晩秋。階段の吹き抜けの壁の色。わたしがまだ小さかったときに、お父さんとお母さんが住んでいた部屋だわ。何もかもが特別だった。

カリル　おれは力まかせに扉を蹴りとばす。何かが割れる音がする。でも構やしない。安全扉がゆるんできた。
ファティマ　マリオンはインターホンに出ない。きっと彼女はいない、恋人も来ていない。あるいは本当に二人でお風呂に入ってるのかもしれないわね。
カルパチ　お昼近くになってぼくらは通りを散歩する。小さな橋の真ん中で立ち止まって、一緒に川の中を覗きこむ。なんて夏だろう――
カリル　安全扉が開いた。自分でも驚いたけど、ここはエレベーターシャフトの剝きだしの壁の前じゃなかった。おれは六階のエレベーター出口の金属製ドアのすぐ手前にいる。ドアの小窓から通路が見える。だがドアを開けることはできない。安全装置が作動して錠をロックしている。
フランツィスカ　左側に子供部屋、右側にはキッチン、浴室、まっすぐ進むとリビングがあって、その後ろには両親の寝室がある。わたしは四歳か、五歳。
ローマイアー　なんにもね――あいつの言ったとおりだったな。
ファティマ　四階のネームプレートには何も書いてないわね、絶対に人が住んでいるはずなのに。
カリル　この窓からじゃ階段が見えない、でも誰かが上に上がっていくような音がする。
ローマイアー　六階。
ファティマ　四階のチャイムの音がここまで聞こえてくる。きっとベランダのドアを開けてるんだわ。どなた？　インターホン越しに訊《たず》ねてくる声がする、女性だわ。後ろからは大勢の声、それに音楽、たぶんパーティーの真っ最中ね。もしもし、こんばんは、お邪魔してごめんなさい、ちょっとマンションの外に閉めだされちゃったものだから――

カリル　こんばんは？

ローマイアー　こうも言ってたな、まさかそんなこと本気で考えてないわよね。

フランツィスカ　わたしがつま先で立ち上がると、ちょうどキッチンバルコニーの手すりの向こうを覗くことができた。マンションのあいだを車が走って、人びとが行き交っていた。

カリル　誰も聞いちゃいない。

ファティマ　この女性は外国語であたしに話しかけてくる。

こんばんは？　あたしは――

ガチャリ。彼女は受話器を置いてしまった。あたしはもう一度、インターホンを鳴らしてみる。

（インターホンのチャイムが鳴る）

待っててちょうだい。

カルパチ　すべてが新しく生まれ変わって、特別なものになるんだ。

ファティマ　こんばんは？　スピーカー越しに今度は男性が訊ねてくる。

カリル　こんばんは？

ファティマ　こんばんは？　エントランスの外に閉めだされちゃったの、申し訳ないんだけど――また大勢の声、音楽、もう何も聞こえやしない。

ローマイアー　七階。もうどうしようもない。

カリル　ダメだ。

カルパチ　まぶたの下で両目が左右に動いている。彼女はきっと夢を見ている。

フランツィスカ　わたしは六歳になった。両親は保険会社を経営している。わたしは恵まれた子供だった。秋からは小学校に通うことになった、すべてから草原のにおいがした。今年の夏は家族で休暇旅行に出かける。わたし達はトルコまでやって来た。浜辺。お母さんが背中に日焼け止めクリームを塗ってくれる。砂浜がとても熱いので、その上を歩くと足をやけどしてしまう。こんなのはまだ経験したことがなかった。

カルパチ　ぼくは彼女の唇の真横に結ばれた線を見ている。

ファティマ　三階の男は、ネームプレートにまだ名前が貼ってあるけど、もうそこに住んではいない。死んだって言われている、娘が死んでいる父親を発見したって噂になった。真相は分からないけど——

カリル　ドライバーがあれば、こんな装置はてこの原理で動かせそうだ——ボールペンでもできるかもしれない。ボールペンならポケットに持っていたぞ。

フランツィスカ　帰りにわたし達はイスタンブールに立ち寄った。いま、遠くから見ると大きな亀みたいに見える、モスク[2]まで来ている。家族でバザール[3]へ行ってみた。お前のほしいものはなんでもここにあるぞ、ってお父さんが言ってくれた、アーケードで覆われた商店街。お母さんは、手を繋いだほうがいいわね、って言ったけど、わたしは入り組んだ路地の中を先へ、先へと走っていった。そのときアーチ状の屋根と、自分の靴が目に入ってきた。

カルパチ　彼女にキスしたい――

フランツィスカ　露店の前では大人の男性が腰かけて、小さなグラスでお茶を飲んでいる。もう振り返っても、お父さんとお母さんの姿はない、どこにいるかも分からない、完全に両親からはぐれてしまった。

ローマイアー　わたしの目の前、バザールの真ん中、ある種のカフェの前には、大きなラクダがいる。

カルパチ　上まで来た、八階。水のざわめく音がする。

フランツィスカ　ぼくは彼女にキスする。

カルパチ　誰かがわたしの口を手でふさぐ。ほとんど息ができない。

カリル　唇が彼女の唇に重なる、一瞬、彼女の髪に手をあてる。

ローマイアー　装置はゆるんできたが、まだ開いてくれない。

わたしは通路に沿って八階三二号室へと向かう。また後で寄ってくださいって、マンズアさんは言ってくれたよな。

フランツィスカ　それから誰かがわたしを連れ去った。再びアーチ上の屋根を目にする。でもわたしの靴はもう見えない。

カルパチ　ぼくがキスしてあげたのに、君はどうして目を覚ましてくれないの？

ローマイアー　通路全体が、川のようにせせらいでいる。

ファティマ　二階はどこも真っ暗ね、ここからだって分かるわ。

（インターホンのチャイムが鳴る）
ネームプレートにブレーマーと書いてある。でもブレーマー一家は今いない。たぶん映画を見に行っている。あるいは他のどこか――いずれにしても、選択肢はそう多くない。
カルパチ　ぼくにもキスしておくれ――
ローマイアー　通路全体が、大河のように轟《とどろ》いている。
フランツィスカ　噴水のざわめき、水の音が聞こえる。ほとんど鳥のさえずりのよう。遠くからは笑い声が聞こえる。
まだ早朝。わたしの召使ファティマは、ベッドの横にお茶とアイラン(4)を入れたお盆を置く。
リング状のゴマ入りビスケットも載せてある。
わたしはもう六歳じゃない。一二歳になった。
カルパチ　なにかがぼくを引っぱる、連れ去ろうとする――抗《あらが》いようのない力に引き寄せられる――
これは一体なんなんだ？
ローマイアー　八階三二号室。到着。ヘンだな――玄関のドアが開いたままだ。
カルパチ　この力には抵抗できない――
ファティマ　一階に住んでる人は、たしかリンハルトとか言ったわね。でもどんな人だったか、覚えてないわ。
ローマイアー　ごめんください？　どなたかいませんか？　デーケさん？
ファティマ　インターホン越しにガヤガヤという音が聞こえる。はい？　女性の声が訊ねてくる。

ローマイアー　返事がないな。
カリル　とうとう装置がゆるんだ、これで閉じていたドアが開く。
ファティマ　あたしです、八階に住んでいるファティマ・マンズアです。ご迷惑をおかけして申し訳ないんですが、うっかりエントランスの外に閉め出されてしまったんです。ドアを開けていただけませんか？
カリル　ようやく外に出たぞ。
ローマイアー　わたしは部屋の中へと入っていく。こんにちは？
ファティマ　エントランスの自動ドアが動き始める。あたしは再びマンションに入れた。
カリル　ああ神さま。感謝します。
ローマイアー　あそこのソファで彼女が横になっている。ほとんど何も着ていない、バスタオルを体に巻いているだけだ――彼女は眠っている、そして他には誰もいない。デーケさん？　ソファの横の小さなテーブルには、ほとんど空になったコニャック瓶が置いてある。寝そべった彼女の様子――肌は薄っすらと濡れている。金髪《ブロンド》のショートヘアは汗でびっしょりだ、寝息が荒い、彼女はきっと夢を見ている。
カリル　おれは階段を駆け上がって、ファティマの部屋へと急ぐ――あいつはきっとおれのことを探していたはずだ。
ローマイアー　わたしは彼女のそばに立って、その様子を見つめている。彼女は眠っている。
ファティマ　あたしは階段を駆け上がって、あたし達の部屋へと戻る。

ローマイアー　デーケさん？　彼女は目を覚まさない。

フランツィスカ　わたしはシャイフ(5)であるアル・ハラート・バルハトバの愛人となった。でもシャイフはわたしを実の娘のように可愛がってくれる。指一本、触れられたことはない。こうしてイスタンブールで誘拐されて以来、わたしは砂漠の都キンシュ・エル・サルの宮殿のハーレムで暮らしている。
わたしはムーア様式(6)に装飾された窓から、中庭で花咲くオレンジを眺めている。噴水から水がほとばしる。水しぶきが青空高く上がっている。素晴らしいわ。本当にきれい。

カリル　七階。

ローマイアー　なぜだ、自分でも分からない、わたしは突然、彼女のそばにひざまずいて、その露《あら》わになった肩に触れる――

フランツィスカ　きょうは特別な日。わたしはきょうで二〇歳《はたち》になる。もうお父さんと呼んでいい存在になったシャイフが、夜になればわたしの処女を奪ってしまう。わたしにはもう昔の故郷や、両親のことなどは考えられない、まったく。

カルパチ　アルコールのにおいが鼻にツンとくる。

ローマイアー　そして彼女にキスをする。もうどれほど長いあいだ女性に触れていなかった、接していなかったことか。いま彼女にキスしてしまう。

フランツィスカ　だけどシャイフの第一夫人カフラが、ブロンド娘であるわたしへの嫉妬心から、気も狂わんばかりになっている。彼女は昨夜もハーレムで、わたしを激しく罵ったばかりだった。

ファティマ　二階。

フランツィスカ　その罰としてシャイフはきょう、彼女を斬首刑に処すことにした。

ローマイアー　それでも彼女は眠り続ける。目を覚ます気配がない。わたしは立ち上がるが、唇にはまだ彼女の唇を感じる。何をした、そうわたしは叫んでやりたい、君はいったいどんな魔法をこのわたしにかけたのだ、と――

カリル　八階。おれは通路を走ってファティマの部屋へと急ぐ、八階三二号室。

ローマイアー　ざわめく音が激しく高まってゆく。どうして君は目を覚まさない？　いや、眠ればいい。この八階の君の３ＬＤＫのソファで眠り続ければいいさ。キスするつもりはなかったが、なぜかそうなってしまった。わたしは今この場から、八階三二号室から出て行く気になった。開けっ放しになっていた玄関ドアで、なぜかわたしは躓《つまず》いてしまう――

カリル　玄関のドアが開いている、おかしいな――

ローマイアー　玄関の敷居をまたぐと、わたしは燦々《さんさん》と輝く光の中にいる。熱風に襲われて、焼けた砂が目の中に飛び込んでくる。

カルパチ　叫び声が聞こえる。ここは一体どこだ？

ファティマ　三階。

カリル　おれは部屋の中に入る。ファティマ？　誰も返事をしない。こんにちは？　おれは後ろの玄関ドアを閉める。ファティマ？

フランツィスカ　でも首を斬られても、土のなかで、カフラの不気味なしゃれこうべは、もう一度わたしにこう叫んで、告げる。呪ってやるわ。お前なんて自分をなくして、消え失せてしまえばいい。お前にはむかしの自分の姿を、もう二度と思い出せなくしてやる。その唇にキスする者があれば、その者にも災いが降りかかるだろう。そしてお前はもう二度と月を見ることはあるまい、いつかある夜に、本当の自分の姿を取り戻すそのときまでは。

カルパチ　ぼくの周りは一面のガラスだ。ぼくは液体に浸かっている。アルコールのにおいがする。ここはコニャック瓶の中だ。

カリル　おれは部屋の廊下を歩いていく。床の上にはファティマのラクダ付きキーケースが落ちている。

ローマイアー　わたしの周りは地平線まで一面の砂だ。

フランツィスカ　どうにかしろ、とシャイフが叫ぶ。はやく何とかして、と女たちが叫ぶ。

カルパチ　ぼくはボトルの中だ。ソファの横の小さなテーブルのコニャック瓶の中にいる。このボトルからさっき一口いただいたばかりなのに。

ローマイアー　はるか頭上には太陽がある。

カルパチ　ガラス越しに覗くと、たった今キスしたソファで眠る女が、ゆがんで、引き延ばされて見える。

彼女は相変わらず夢を見ている。彼女の両目はまぶたの下で今も左右に揺れている。
フランツィスカ　いまようやく死刑執行人の手斧《ちょうな》が、首だけになっていたカフラの頭を上から真っ二つに割ってしまう。静寂。
カリル　こんにちはあ？　誰かいませんかあ？
ファティマ　四階。
カリル　リビングのソファでは——おれが来るときはいつもそうだが——ファティマの同居人フランツィスカが横になって、眠っている。
カルパチ　ぼくの体は小さくなった。一センチになったぼくの靴は、コニャックでびしょ濡れになっている。ぼくの頭上には、コルク栓を閉め忘れたボトルの首が、到底届きそうもないくらい高くそびえている。開口部からは低い音がして、空気が淀んでいる。おおい？
ローマイアー　わたしは砂漠の中にいる。眩しすぎて、目を開けてられないほどだ。ふと体を見ると——わたしの姿は変わっていない——まったくいつもどおり、サンダルを履いて、紺色の作業服を着ている。額の上を一滴の汗も流れないくらいにここは熱気で乾燥している。
カリル　彼女はほとんど何も着ていない。
フランツィスカ　なんて悪夢なのかしら。
カリル　彼女は美しく見える。
カルパチ　男が部屋に入ってきた。男はソファの横に立っている。
フランツィスカ　ここはどこなの？

カリル　彼女は目を覚ます――やあ。

ファティマ　五階。

フランツィスカ　わたしは部屋の中でソファに寝そべっている。そばには小さなテーブルがあって、そこにはほとんど空になったコニャック瓶が置いてある。わたしはほとんど何も着ていない、バスタオル一枚を体に巻いているだけ。ここは一体どこなの？　知らない男《ひと》がそばに立って、わたしの方を見ている。わたしはどうやってここまで来たの？

カリル　やあ――彼女は困惑してるみたいだ。きっと夢でも見てたんだろう。

カルパチ　ぼくはどうやってボトルの中まで来たんだ――

フランツィスカ　わたしは急いで部屋の中を見回す――あのムーア様式に飾られた窓の代わりに、暖房とカーテンを取り付けた正面窓が見える。外は夜だわ。窓の前にはテレビがあって、その下に砂地色のカーペットが敷いてある。辺りの壁にはプリントやポスターが貼ってあり、そのそばには安物の本棚と、わたしが人生で一度も会ったことのない人たちの写真が飾ってある――

カリル　大丈夫かい？

カルパチ　一体どうすりゃまた外へ出れるんだ？　だれか助けてくれ！

ローマイアー　そんな作業服で一日中歩き回るだなんて、あなたまじめに考えてないわよね？

カルパチ　あの娘《こ》は目を覚ましてる、でもぼくの声など聞いちゃいない。彼女のそばには巨人が、ものすごく大きな男が立っている。

ファティマ　おおい？　君たちには見えないのかい？　ぼくはここだよ！　六階。
ローマイアー　考えてちゃ悪いか？
フランツィスカ　ひと言も理解できない。
ローマイアー　そんな格好バカげてるわよ。あなたってこっけいだわ。
カリル　彼女はしゃべらない。おれはカリル――ファティマの恋人さ。玄関のドアが開けっ放しになってた。ファティマのヤツがどこへ行ったか、君、知らないかな？　おれは今の今までエレベーターに閉じ込められてたんだ――六階でさ――でもどうにか出てこれた。あんなエレベーターは金輪際、使わないほうがいいぜ。
フランツィスカ　彼は笑ってる。エレベーターのことを話してるわ。
カルパチ　彼女は起き上がると、バスタオル姿に注意しながら、窓際へと向かう。おおい⁉　ぼくの声が聞こえないのかい？
カリル　彼女は起き上がると、窓際へと向かう。
フランツィスカ　わたしは高層マンションの正面窓に立っている、たぶん八階か九階だわ。
カルパチ　彼女は外を見ている。
フランツィスカ　こんなマンションでわたしは育てられた。ちょうどこんなマンションで、わたしは幼少期の最初の数年を過ごした。あらまあ。マンション群の空には月が出ているわ。もう何年も前から月なんて、目にしてなかったような気がする。
カリル　彼女の様子がヘンだ。
ファティマ　七階。
カルパチ　ボトルの首でうつろな音が響く——
フランツィスカ　まるで自分をなくしてたみたい。
ローマイアー　切り立つ砂丘の背を、風がびゅうびゅうと唸《うな》りを上げて吹きぬける。
フランツィスカ　誰かの助けが必要だわ。
ローマイアー　あなたってこっけいだわ。わたしをバカにしているわ。
カリル　突然彼女がおれの腕に飛び込んでくる。
カルパチ　彼女が男の許へ駆けよる。
フランツィスカ　お願い——助けてちょうだい。自分をなくしてしまいそうなの。シャイフ夫人の呪いだわ——わたしをここから連れ出してちょうだい。
ローマイアー　なんてやるせない思い出なんだ。
カリル　はあっ？
フランツィスカ　あなたのことは知らないけど、でもどうか行かないで。わたしを助けて、砂漠の都キンシュ・エル・サルへと連れて帰ってちょうだい。シャイフのアル・ハラート・バルハトバがきっとご褒美に、あなたをお金持ちにしてくださるわ。ですから、この悪夢の中へわたしを置き去りになんかしないで。

ローマイアー　だがあいつに何でも説明してやれるのを、わたしは誇りにしていたものだ。暖房に換気装置、ゴミ焼却炉にエレベーターのモーター。
カルパチ　彼女が抱きついたぞ――
カリル　やめてくれ！
カルパチ　でも放そうとしない。
フランツィスカ　ダメ、行かないで――
カルパチ　バスタオルがあの娘《こ》の肩からすべり落ちる。
カリル　放せったら――
カルパチ　彼女は素っ裸だ。
ファティマ　八階。とうとう上まで来たわ。
フランツィスカ　ここにいてちょうだい――
カリル　どういうつもりだ？
　彼女は素っ裸で、おれに抱きついてくる。
ファティマ　あたしは通路を歩いて、あたし達の部屋に向かう。
カリル　おれは彼女を振り払おうとする。
カルパチ　男は彼女を振り払おうとする。
フランツィスカ　行かないで。
カリル　やめてくれ――

フランツィスカ　お願いよ――

ローマイアー　あなたはこうやって一生を過ごそうっていうのね？　冗談じゃないわ――

ファティマ　玄関のドアが閉まってるわね。開けっ放しにしてきたはずなのに。

カルパチ　一瞬のあいだ、彼女は唇を男の唇に押しあてる。

カリル　この娘《こ》はおれにキスしたぞ――もうどうなってしまうか、分からない。

ファティマ　なんでドアが閉まってるのかしら？　あたしは玄関のチャイムを鳴らす。

（チャイムが鳴る）

カルパチ　チャイムが鳴ってる。

カリル　チャイムが鳴ってる。

フランツィスカ　なにか鳴ったわ。

カリル　おれは玄関に出ようとする。

フランツィスカ　行かないでったら。

ファティマ　返事がないわね。でも部屋の中から声がするわ。

カリル　放せったら！

フランツィスカ　いやよっ！

カルパチ　男は彼女を振り払って、玄関まで走る。あの娘《こ》も後を追っかけるが――ここからじゃもう見えない。

ファティマ　ドアが開いたわ。

カリル　おれの前にファティマ、後ろにはフランツィスカが立っている。彼女は再びおれに抱きついてくる、素っ裸のまま——
ローマイアー　目の前の砂丘の背に、暑さで揺らめくベドウィン族⑺のテントの影が見える。わたしはそこを目指して進む。だってあなたは何もかもダメにしてしまう、そうあいつに言われたもんだ。
フランツィスカ　ドアの前に女がいる——
ファティマ　フランツィスカ——
ファティマ　あたしの前にカリル——後ろにはフランツィスカが立っている、彼女ったら素っ裸じゃない——
カリル　おれは何も言えない——
ファティマ　このブタ野郎があ——
カリル　違う、違うんだって——
フランツィスカ　この女は、よく知ってるような気がする——
ファティマ　あんたって男は最低のブタだわ——
カリル　違います——
フランツィスカ　そばにいてちょうだい、お願いよ——
ファティマ　彼ったら大きく目を見開いてあたしを凝視してる。ブッ殺してやるわ——
カリル　ファティマちゃん——

ローマイアー　だってあなたはいつだって何もかもダメにしてしまう。
両足が砂丘に沈んで、わたしは転倒する。体勢を立て直すと、再びテントを目指して歩いていく。

ファティマ　ナイフよ――あいつを刺してやる。ナイフが必要だわ。

カリル　彼女は猛烈な勢いでおれのそばを駆けていく。

フランツィスカ　あの女は猛烈な勢いでわたし達のそばを駆けていく。

カルパチ　女が猛スピードで部屋に入ってくると、キッチンに姿を消す。

ローマイアー　斜面が険しすぎて、ちっとも前に進まない。

カルパチ　女が再び戻ってきた。

カリル　あいつが戻ってきた。手にはナイフを持っている。

ファティマ　あいつは走って逃げていく。

カリル　あいつはおれを殺すつもりだ。

フランツィスカ　彼は走って逃げていく。

カリル　あいつはおれを追いかけてくる。

ファティマ　フランツィスカが後からついてくる――素っ裸のまま。

カリル　おれはリードの差を活《い》かして、一目散に通路を駆けぬける。だれか助けてくれ！

ファティマ　ブッ殺してやる。あんたって男は、睡眠中の同居人とセックスしたいからって、計画的にあたしを部屋の外へと誘い出したんだわ！

フランツィスカ　わたしは後を追って走る。女は叫んでいる。
ファティマ　あいつはもうすぐ階段に着いちゃうわね。
ローマイアー　ほぼ砂丘の上まで来た。眼下には、もう一五メートルほど先に、テントが見える。
カリル　あいつが追いかけてくる。おれは階段を駆け下りる。
ファティマ　待ちなさい――
フランツィスカ　わたしがいるのは、なんてマンションかしら？
カルパチ　もう誰も来ない。部屋は空っぽ。ぼくはひとりぼっちだ。
ローマイアー　ごめんください？　誰かいませんか？　風は吹きすさび、唸《うな》りを上げ、ざわめいている。テントは風をはらんでいる。
カリル　七階。あいつらはまだ階段の上にいる。
カルパチ　ガラス瓶を通してゆがんで見えるテーブルの端《はし》。砂地色のカーペット。テレビ。暖房。安物の本棚。ソファ。床に落ちたままの彼女のバスタオル。
カリル　ずっと先、通路の突き当たりは、玄関のドアが開いている。さあ、こっちよ、すぐ耳元でささやくように、女性の声が聞こえる。
ローマイアー　女性がテントの入り口で内側から幕を上げて、わたしにお入りなさいと言う。
カリル　おれは通路を走って、その部屋へと駆け込む。もうどうしようもない。
フランツィスカ　そんなにはやく行かないで。
カリル　七階三二号室。玄関のネームプレートにはハルティンガーと書いてある。ドアは開いている。

ファティマ　七階。いなくなったわね。どこへ行きやがった――ブタがどこかに隠れたわ。
ローマイアー　わたしはベドウィン族のテントの中に入る。急にあたりが暗くなったので、まずは目を慣らす必要がある。
テントの中央に女性が立っている。彼女はひとりっきりだ。
カルパチ　ぼくはひとりぼっちだ。他の何千もの部屋と変わらない、このマンションの部屋のボトルの中で。
フランツィスカ　あの男《ひと》、いなくなっちゃったわ。
カリル　おれは後ろの玄関ドアを閉めると、深呼吸をする。目の前に若い女が立っている。ちょうど洗濯物を干すところだったの、と彼女は言う。と同時に女は、ブラウスのボタンを外していく。
それから向きを変えると、女は物干しの上にしゃがみ込む。さあ、来て。
ローマイアー　女は恐ろしい形相をしている。首全体を紫色の太い傷跡が真横に走っていて、さらに眉間から鼻筋を通ってあごの先まで、彼女の顔を真っ二つに割る傷のラインが付いている。
カルパチ　この手のマンションはよく知っている。こんな部屋に、こんな家具。自分でも暮らしたことがある。ひとりっきりで。ふたりで同棲したこともある。
カリル　来て、と女は言う。
ファティマ　カリルの姿が見つからない。あたしは引き返す。やってくれたわね。
フランツィスカ　あの男《ひと》はいなくなった。寒くなってきた。あの女も黙って引き返してくる。わたしは彼女についていく。だって仕様がないもの——

ファティマ　あたしに対してやったのよね。

カリル　さあ、こっちへ来て——

カルパチ　ボトルのガラス越しに、女たちの顔が通り過ぎていくのが見える。昔はこんな家具のあいだで間近に眺めたものだった。今じゃすっかり変わっているだろう。いったい何歳《いくつ》になってるのかな。あの当時の女たちも、きっと今じゃ昔の母親世代と同じ顔をしているんだろう。

フランツィスカ　待って——

ファティマ　彼とのこと、忘れてよね。

フランツィスカ　でも——

ファティマ　おだまんなさい。

カルパチ　ぼくはこぶしを丸めてガラスの壁を殴りつける。何も起きないし、何も変わらない。むかし女たちの顔に浮かんでいた希望、新たな始まり、連帯感のすべてが今、ぼくの脳裏をよぎっていく。最初のキス、公園で一緒に過ごした夏の日の夜、テラスやバルコニーでのこと、あの鷹揚《おうよう》な気持ち、そして一体感、それがある日突然に消えて、なくなってしまうんだ。お互いに強く信頼し合っていたというのに——ちょうどこんな、ぼくが住んでいたような部屋の中で。いや、あの当時の大きな造り付けキャビネットがある部屋かもしれないし、ぼくらがいつも大笑いしていた、あのおかしな浴室付きの部屋の中かもしれない。

ファティマ　八階。

カリル　遠慮しときます――

カルパチ　まるで地獄だな。みんな万事うまくいく、少なくとも今回だけは、なんて幻想を抱きながら生きている。でも結局そうはならない。それどころか以前の状態よりも、事態はいっそう深刻になってしまう。

ファティマ　あたしは通路を歩いて、自分たちの部屋へと戻っていく。

カルパチ　結局ぼくらはそうなるところへ、否応なく流されてしまうんだ――なんだか目の前が真っ暗になってきた。

ローマイアー　あなたが来てくれてうれしい、と傷の女は言う。

カリル　でもおれにはどうにもならない――

ローマイアー　こんなに激しくざわめいてる音はいったい何です？　風ですか？　いいえ、女は答える、もうご存知のはず、これは水の音ですわ。

水だって？

ええ――

どんな水ですか？

あなたが丸一日かけて探し求めていた水です――だからここまで来たのでしょう。

八階で消えた水のことですか？

そのとおりよ、女はそう答えると、二つに割れた口元を嘲笑するようにゆがめた。

わたしの後ろ、ベドウィン族のテントの開かれた入り口前で、砂漠から泉が湧き上がっていて、地上二〇メートルの高さまで空に向かって噴出している。水だ！
カリル　彼女は大きなうめき声をあげる、ほとんど叫んでるみたいだ――
ローマイアー　この水があなたをこの地まで導いてくれた、そして今からあなたを花嫁の許まで運んでくれるでしょう。わたしは傷の女がそう叫ぶのを聞いた、お元気で！
カリル　彼女が叫ぶと、ほとんど物干しがひっくり返りそうになる。
ローマイアー　テントも、女も、目の前でパッと空中に消えていった――彼女は何を伝えようとしたのか？　花嫁とは何です――もう返事はない。
ファティマ　あたしは再び八階三二号室に戻ると、自分の部屋へ行った。それからバッグを取り出して、荷物を詰め込みはじめる。
フランツィスカ　どこへ行くつもり？
ファティマ　どこへですって？　フランツィスカは裸のままで、部屋の前に立っている。そんな格好をして一体なにが楽しいの？　いいかげん服を着なさい。
フランツィスカ　ちょっと訊《き》いてみたかったの――一緒に行ってもいいかなって――
ファティマ　ダメよ。消えなさい。早くなにか着なさいったら。どこに服をしまってあるか忘れたって言いたいなら、あんたのクローゼットはその先、もうひとつ隣のドアの中よ。
ローマイアー　砂漠は水で溢れかえる。
ファティマ　あの子は出ていった。あたしは自分の荷物を詰め込む。かつてここで荷解《にほど》きをして、たんすにしまうことになった荷物。みんな自分の荷物を自分のたんすにしまうように、あたしだってそうした。でも、どうしてこの部屋に住むことになったかは覚えてないし、思い出すこともできない。

ローマイアー　砂漠が川になった。

ファティマ　ある日あたしはマンション下の、エントランス前に立っていた。あたしは手に鍵を持っていて、今日からここで暮らすんだ、ってことは分かっていた。こっちには郵便ポスト、そっちにはエレベーターのドアがあって、あたしは八階までやって来た。この部屋には砂地色のカーペットが敷いてあり、テレビがあって、安物の本棚が置いてあった。そしてあたしには同居人フランツィスカがいた。彼女はいつも眠っていて、夕方になるともう、朝に何が起きたか、覚えていなかった。

ローマイアー　砂漠は大河へと変わり、やがて海峡になった。わたしはボスポラス海峡[8]を渡るフェリーの欄干に立っている。目の前にイスタンブールのミナレット[9]が見える。ここには前にも来たことがある。あれは新婚旅行だった。二四年前のことになる。
まだ覚えていてくれたの？　そう訊ねる女性の声がする。わたしの右隣には女性が立っていて、最初の妻ヘルガと瓜二つに見える。しかもあの頃とまったく同じ服を着て、ちっとも変わってないように見える。ただ彼女の顔には、眉間から鼻筋を通ってあごの先まで、垂直に太い傷跡が走っている――

ファティマ　あたしはたんすから荷物を出す、スカート、ズボン、セーター、Tシャツほか、すべて。

カリル　彼女は四つん這《ば》いになって、おれの足下を回りはじめる。

ファティマ　あたしは荷物をまとめながら、カリルのことを考える。どうしてあいつがこの同居人と一緒になって、あたしを裏切るようなマネをしたんだろう。

フランツィスカ　さっきまでここにいた男は、いったい誰だったのかしら？

カリル　きっと悪夢に違いない――

フランツィスカ　あの女が案内してくれた部屋にはクローゼットがある。

ローマイアー　あなたが当時、わたしの部屋まで来てくれたのを、まだ覚えているかしら？――八階のわたしの部屋で水害が起きたからだった。夏の真夜中で、新設されたマンション群の上空を、明るく満月が照らし出していた。こんな時間帯にまだ誰かが電話してくるなんて、あなたは思ってもいなかったでしょうね。でも結局は、作業にあたってくれた。部屋は上から下まで完全に水浸しになっていた。あなたは袖を高くまくって、外のバルコニーに立っていた――あの頃はまだ、例の作業服は持ってなかったわね。きっとこの夜あなたは、まったく別の予定が入っていたと思うの。でも、わたし達が最初に出会ったこの夜のことを後で話しても、あなたは絶対に予定なんてなかったと言い張ったわね。みんな、この手の話が好きだわ、初めて出会ったときや、初めてキスしたときのことを、思い出すのが。まだ覚えてくれてるかしら？　あなたはタバコが吸いたくなって、キッチンバルコニーに出ていった。そのときわたしにはあなたが突然、ものすごくカッコよく見えた――とても頼もしく思えると同時に、なんだか救われない気持ちになって、こう思ったものよ――わたしは生涯をこの人と分かち合いたい、この人がいい、彼だわ、他の誰かではダメ。そのとき、わたしは初めてあなたとキスしたのよ――満月の夜、八階のキッチンバルコニーでね。

フランツィスカ　わたしはクローゼットを開ける。

ローマイアー　君がここにいるわけがない、とわたしは叫ぶ、いるはずないんだ。どうしてわたしに付きまとうんだ――放っておいてくれ！

カリル　おれは女から身を振りほどく。

ファティマ　息が詰まりそう。あたしは窓辺に歩いていく。

フランツィスカ　クローゼットには見覚えのある服がしまってある――

カリル　夢なんかじゃないわ、と彼女は叫ぶ。おれは玄関口でよろめく、戻ってきて、と女は叫ぶ――

ローマイアー　どうすればいいの、と彼女は言う――わたしはただ、あなたに裏切ってほしくないだけ――もう放っておいてくれ、わたしは平静さを失って、作業服の胸ポケットに入れていつも持ち歩いている電圧測定器を、彼女の両目に突き刺して、何度も深く押しこんでやった。ところが彼女は、小声でおお、と言うだけで、その後は平然として笑っている――やがて彼女は姿を消してしまった――ちょうどいま、目の前でそうなったように――

カリル　夢なんかじゃないの、と彼女は叫ぶ――おれが玄関のドアを開けると、女はまるでオオカミのような遠吠えをあげる。

フランツィスカ　ブラウス、スカート、スリムだけど履き心地のよい靴――全部わたしのサイズに合っているみたい――

ファティマ　夜の住宅群に遠吠えが響きわたる。オオカミか、メスオオカミの遠吠えのような叫び声。

カリル　おれは通路に逃げ出して、階段の吹き抜けへと向かう。ほとんど階段を飛び降りている。遠吠えがマンション全体にこだましている。

フランツィスカ　これは実験助手、臨床検査技師[10]の制服だわ。

ファティマ　叫んでいるのは、女ね。

ローマイアー　あなたは知っておく必要がある、と左隣の女性が言う、あたし達はもう二四年も前からずっとここいたの、彼女のわきに立っている男性もうなずく。あの当時見失ってしまったあたし達の娘と一緒に——

ファティマ　荷造りが終わったわ。

カリル　六階。ずっと先、通路の突き当たりは、玄関のドアが開いている。

フランツィスカ　着なれた制服をそれぞれ眺めていると、だんだんと記憶がよみがえってくる。わたしの仕事は臨床検査の実験助手だった。わたしは実験所で毎日、八時半から午後五時まで働いていた。

カリル　さあ、こっちよ、ずっとあなたのことを待っていたの、すぐ耳元でささやくように、女性の声が聞こえる。本当は、おれは行きたくないが、なぜか通路に沿って、女の部屋まで行ってしまう。

ローマイアー　あたし達はあの子を見失ったのよ、そう女性は語る、このイスタンブールの地で、バザールだったわ、もう二四年も前のことね——ブロンド娘だったの。それ以来、あの子とはもう会ってないし、うわさ話を聞いたこともない、まるで娘なんて生まれてなかったみたいにね。そう言うと、彼女は首を横に振った。
カリル　ネームプレートにはヒンリクスと書いてある。ドアは開いている。玄関に彼女が立っている。
ファティマ　これで全部だわ。
ファティマ　これ以上は持っていけないわ。
カリル　こんにちは、と女は挨拶する――ヒンリクスさんだ。彼女はたぶん三〇代の終わりだろう。
フランツィスカ　わたしの主な仕事は、採血をして分析することだった。でもたいていの仕事はぜんぶ、機械がやってくれたわ。
カリル　挨拶しながら彼女は、モーニングガウンを重ねているベルトの結び目をほどいていく――
ファティマ　あたしは出て行く。でも階段で、あのブタ野郎のカリルとばったり会うかもしれないから、ナイフも一緒に持っていく。
フランツィスカ　そしてさっきの女性がファティマだわ。数年前からわたし達はここで一緒に暮らしている。いつからかは、正確に覚えてないけど。彼女はどこかしら？　そういえば、わたしはクローゼットの前に突っ立って、どうして中途半端にしか服を着てないんだろう？
ファティマ？
カリル　ガウンの下に彼女は何も履《は》いていない。
ローマイアー　欄干に立つ女性のそばで男性がこう言った。でも、これでよかったのかもしれんぞ。

考えてもみなさい、子供なんていたら、何年にもわたって、どれだけお金が必要になったことか。養育費だけでも馬鹿にならんぞ。子供がいたら、今みたいな余裕は絶対に持てなかったはずだ、旅行三昧なんてな——

それから彼はわたしに名刺を手渡した——ヘルムート・デーケ。保険のセールスマン。

ファティマ　玄関前の床の上には、買い物袋を抱えて帰宅したときにあたしが落っことした、ラクダのキーホルダー付きのキーケースがまだある。

どうしてこんなにたくさんの鍵を持っているのか分からない——まるで宮殿全体で使うほどの鍵だわ。

カリル　彼女は大声でうめき始める——

ファティマ　フランツィスカにさよならを言ったほうがいいかしら？

ローマイアー　太陽が金角湾[11]とスレイマニエ・モスク[12]の後ろに消えていく、まもなく日が暮れる。

ファティマ　なんであたしから言わなきゃなんないの？　後ろの玄関ドアを閉めると、あたしは通路を歩いていく。相変わらず例の遠吠えが、マンション全体にこだましている。

ローマイアー　フェリーの欄干は、高層マンション群の上に付いている。わたしは自分が住んでいるようなマンションの一室で、窓際に立っている。

ここには前に一度、来たことがある、見覚えがある、でもなんて息苦しいんだ。ソファには誰もいないが、小さなサイドテーブルには、ほとんど空になったコニャック瓶が置いてある。わたしはボトルを手に取ると、外に空気を吸いにいく。新鮮な空気に酒とタバコが今のわたしには必要だ。

カルパチ　ぼくは我に返った。何かがぼくを左右に揺らす。ぼくはコニャックでびしょ濡れになって、ガラス瓶に何度も頭を打ちつけてしまう。もう息もできないほどだ——誰かがボトルを運んでいる。

ファティマ　どこへ行ったらいいか、分からない。

ローマイアー　わたしはキッチンバルコニーへと急ぐ。

カルパチ　眼下では床の色が目まぐるしく変わる——砂地色のカーペット、廊下、そしてキッチンのポリ塩化ビニール製の床材……

ローマイアー　さっきの買い物袋がまだあんなところに置いてある——

カルパチ　……バルコニーへの敷居に、コンクリート材。

ローマイアー　眼下にはマンション群が広がっている。わたしはキッチンバルコニーの手すりに立って、タバコを吸う。おかしな叫び声がマンション中にこだましている——あれは一体なんだ？　それに今の今までわたしはどこにいた？　ふと気が付くと、先ほどのフェリーの男性が手渡してくれた名刺を、今も手の中に持っている——ヘルムート・デーケ。保険のセールスマン。

フランツィスカ　ファティマはどこなの？

カリル　こんなのって、ありえない。

ローマイアー　一杯、やりたいな——

カルパチ　ああ、神さま。
カリル　違うか――
ローマイアー　――いや、ちょっと待て。誰かやって来るぞ。
カルパチ　誰かがぼくとこのボトルをキッチンバルコニーの手すりの上で支えてくれている。
ファティマ　階段まで来ちゃった。あたしは振り返って通路を向こう側まで見つめる。辺りの壁からは水道管の金属のきしむ音がする――きっと九階、一〇階、一一階に、今ようやく水が戻ってきたのね。
フランツィスカ　キッチンバルコニーに誰か立っている。
ローマイアー　デーケさんじゃないか。
フランツィスカ　あら、管理人のローマイアーさんだわ、きっと断水の件でまだこの部屋にいらしたのね。彼はタバコを吸っている。
カルパチ　眼下には、八階分の高さの深淵が広がっている。ぼくと地面のあいだには、ガラス瓶の底しかない。
カリル　もうイヤだ。
ローマイアー　彼女がやって来て、わたしのそばに立つ。
ファティマ　あたしは階段を下りていく。一段、また一段と下りるたびに、叫び声は大きくなっていく。
カリル　どいてくれ。女は絶望して、おれにしがみついてくる。思わずおれは、彼女を突き飛ばしてしまった。女はひざまずいて、こう叫ぶ――あたしになんてことするのよ？

カルパチ　眼下には街灯や、マンションの玄関ホール、停めてある車や、バス停留所が見える。
フランツィスカ　素敵な夜ですね、あら？　なんて月が明るいんでしょう。
カルパチ　ぼくの声を聞いてくれったら！
ローマイアー　目を覚まされたのですね――
フランツィスカ　まあ――いやだ――知りませんでした――ずっとここにいらしたんですね？
ローマイアー　たぶん二、三分前ですよ。
フランツィスカ　それで？
カリル　おれは何とか玄関まで行く。彼女は後に残されると、オオカミのように遠吠えをはじめる。
カルパチ　街灯の輪のなかでタバコを吸っている数人の若者たちが見える。彼らの笑い声がここまで
　聞こえてくる。
ローマイアー　何です？
フランツィスカ　探しものは見つかりましたか？
ローマイアー　何のことです？
カリル　階段まで通路を戻っていく――
フランツィスカ　ですから、この八階のどこで水が消えたのか、あなたはもう突き止めてくださった
　のかどうか――
ローマイアー　ああ、そうでしたね――ええ、まあ。
フランツィスカ　本当？

ローマイアー　ええ。
ファティマ　七階。遠吠えはますます激しくなる。今やあちこちから聞こえてくる。あれは一体なんなの？　あたしは立ち止まる。
カリル　おれは階段を下りていく。
ローマイアー　彼女は生まれ変わったように見える。
フランツィスカ　彼はタバコを吸いながら、キッチンバルコニーの手すりにもたれて、夜のマンション群を眺めている。リビングから持ってきた、ほとんど空になったコニャック瓶を彼はその手に持っている。
ローマイアー　本当にぐっすり眠ってらっしゃいましたね——
フランツィスカ　ええ、はい——
ローマイアー　彼女はわたしのそばに来て、キッチンバルコニーの手すりにもたれ、月明かりのマンション群を見つめている。無数の部屋の窓辺ではカーテンの向こう側に明かりが点《つ》いている。わたしがさっきキスしたことに、彼女は気付いていないようだ。
フランツィスカ　おかしな夢を見たんです。
カリル　五階。ずっと先、通路の突き当たりは、玄関のドアが開いている。
ローマイアー　本当ですか？
今夜は暖かい。もうざわめく音も聞こえなくなった。ただ遠吠えだけが、ほとんど砂漠の風のように響いている。

カルパチ　遠吠えが夜にこだまする、ボトルの首に風がからまってるみたいだ。本当はそうじゃないけど——

カリル　こっちへいらしてと、すぐ耳元でささやくように、女性の声が聞こえる。

フランツィスカ　ええ——ある男性が眠っているわたしにキスをして、その直後に消えてしまう、おかしな夢を見たんです——その男《ひと》がどこへ行ったのかは、もう分かりません——ベドウィン族のテントの中か、あるいは、そこにあるようなボトルの中か、わたしにはもう思い出せないんです。

カリル　もうイヤだ。でもおれは通路に沿って、ドアの開いた玄関口まで進んでしまう。

ファティマ　六階。

カリル　マリオン・リヒターとネームプレートに書いてある。

カルパチ　男は落ち着かない様子で、手の中のボトルを弄《もてあそ》んでいる。もしいま男がぼくを落下させたなら、もしいま男の指からボトルが滑り落ちたなら、ぼくは八階分の高さから落っこちて、死んでしまう。

カリル　どうしようもない——おれは部屋の中へと入る。

ローマイアー　わたしは手の中のコニャック瓶のことなど完全に忘れていた。ああ、これは申し訳ありません、ちょっと眠気覚ましにと思ったもので、つい——

フランツィスカ　いいえ、構いませんわ。こんな時間まで働かなければならないとしたら、あなただって少しくらいは——

ローマイアー　最初はこんなこと考えてなかったんですが――
カリル　こんにちは、と目の前の廊下に立つ女性が言う。マリオンよ。ちょうどお風呂に入るところだったの。あなたにはテレビの方が良かったかしら？　ボーイフレンドのアンディなら今夜はいないわ。まずは一緒に料理でも作りませんか？
フランツィスカ　それからすべては水であふれて流れ去った。リビングのわたしのそばには男の人が立っていて、わたしは偶然に唇を彼の唇に重ねてしまったの。でも彼は、いなくなってしまった。
どうしてこんな話をしちゃうんだろう？
カリル　こっちへ来て。おれ達は一緒にキッチンへ行く。
ローマイアー　彼女はわたしのそばに立って、ときどき不安そうな眼差しを向けてくる。かわいらしいな。
カルパチ　死にたくないよ――
フランツィスカ　彼ったらカッコよく見えるわ。どうして今まで気付かなかったのかしら？　作業服だけちょっとダサいけど。
カリル　冷蔵庫の前で、女は服を脱ぎはじめる。
ファティマ　五階。
フランツィスカ　ちょっとだけ作業服を脱いでもらっても構いませんか？
ローマイアー　わたしが――いいえ、ぜんぜん構いませんが、どうしてです、目障りでしたか？

フランツィスカ　ただちょっと、その――
ローマイアー　やばい――
　わたしは作業服を脱いでいて、胸ポケットにしまってあった名刺を外に落としてしまう。
　このことはどう彼女に話したらよいだろう――
カルパチ　やばい――
ファティマ　あたしは階段をさらに下りていく。
カルパチ　おい！
フランツィスカ　待って、手伝うわ。あなたが脱ぎ終わるまで、ボトルを持っています。
ローマイアー　いえいえ、結構ですよ。
カルパチ　男は細いバルコニーの手すりにボトルを置くと、作業服を脱ぎはじめる。
　今この瞬間にどちらかがボトルにぶつかったなら、ぼくはすぐさまお陀仏だ。
ローマイアー　さあ、どう。
フランツィスカ　作業服を着てないあなたはどんな感じか、ちょっと見てみたかったの。
ファティマ　何かしっくりこない。あたしは向きを変えて、再び階段を上がっていく。
ローマイアー　彼女は微笑む。
フランツィスカ　たぶん今夜あなたは、水道管の漏水箇所を探すのとは、まったく別の予定が入って
　いたんでしょうね。
カリル　彼女はうめき声をあげる。

ローマイアー　つまり、今夜わたしは出かけるつもりだったとお考えなのですね――そんなことはありませんよ。
フランツィスカ　すなおにお認めになったらどうです……誰と一緒だったかまでは、訊きませんから。彼は笑う。彼は頼もしくて、なんだか――
カルパチ　ぼくはガラスの壁に顔を押しあてる。どうしてぼくの姿が見えないのかな？
ファティマ　五階。何かしら？　あたしは通路に沿って歩いていく。
ローマイアー　彼女のことが好きだ。
フランツィスカ　なんだか救われない気持ちになる。彼にキスしたい。
ローマイアー　もしいま彼女がキスしてくれたら――
ファティマ　五階三二号室のマリオン・リヒターさんの玄関ドアが少し開いている。何でかな？
フランツィスカ　彼はわたしの方を向く。
ローマイアー　彼女はわたしの方に体を動かす。
ファティマ　あたしは部屋の中に入っていく。
カルパチ　彼は彼女の方を向く。と同時に、彼女は彼の方に体を動かす。
ファティマ　あたしは知らない人の部屋の廊下にいる。キッチンから物音が聞こえてくる。
フランツィスカ　わたしの肘《ひじ》が、まだバルコニーの手すりに置いてあったコニャック瓶に、ついうっかり当たってしまう。
カルパチ　彼女は肘でボトルを小突いた。コニャック瓶がひっくり返る。

カリル　彼女は大声でうめき始める。
カルパチ　ボトルは手すり壁からひっくり返って、落下する。ぼくは八階分の高さから地面へ落ちる。
ぼくは転落する。ボトルは八階分の高さから落下する。
ファティマ　あたしは知らない人の部屋のキッチンにいる。キッチンの造りはフランツィスカの部屋とまったく同じだ。目の前にはカリルとマリオン・リヒターが冷蔵庫のそばにいる。彼女は真っ裸になっていて、あいつときたら――
二人はあたしに気付いていない。彼女はうめき声をあげている。
カルパチ　七階。ベランダには月に向かって吠えている女がいる。舗装道路が目の前に迫ってくると同時に、すべてが完全にスローモーションのように見える。
ローマイアー　彼女はわたしの目の前にいる。
フランツィスカ　わたしは彼のすぐそばにいる。
ファティマ　あたしはあいつらの後ろにいる。あたしの姿は見えていない。
カルパチ　六階。ベランダには月に向かって吠えている女がいる。窓辺の明かりがストライプ状になって見える。
ローマイアー　わたしはもう息ができないほどだ。
フランツィスカ　わたしは両手を慎重に彼の胸にあてる。
カリル　キッチンの時計が秒針を刻む。冷蔵庫のドアには色とりどりのマグネットが貼ってある。

ローマイアー　慎重に彼女は両手をわたしの胸にあてる。
ファティマ　あたしは彼の背中にナイフを突き立てる。
カリル　女は絶叫する。何じゃ、こりゃあ？　彼女の顔に血が飛び散っている。
カルパチ　五階。女が男を刺している。窓ガラスに血が飛び散っている。
ファティマ　あたしはシャイフのアル・ハラート・バルハトバの女召使だ。いま砂漠の都キンシュ・エル・サルの宮殿の中庭に立っている。今夜は明るい、オレンジの木の枝は青い影を投げている。あたしは両手の中に台所用ナイフを掴んでいる。しかし、大邸宅の数えきれない扉を預かるために、ふだんは肌身離さず持ち歩いている鍵の束は、一体どこへ行ったのか――
ローマイアー　彼女はわたしにキスする。
フランツィスカ　彼はわたしにキスする。
カルパチ　四階。パーティー。音楽。
カリル　何じゃ、こりゃあ？
フランツィスカ　これが、わたしの人生のファーストキスだった。
カルパチ　三階。真っ暗だ。
ローマイアー　わたし達はキスをした。これが初めてだった。わたしはできる限り強く、彼女を抱きしめた。
カルパチ　二階。

——死んだ。

フランツィスカ　わたし達はキスをした。わたしは目を閉じていた、それでもまぶたには月明かりを感じていた。

（カルパチの叫び声、カリルの叫び声が聞こえる。ボトルが上から舞台へと落下してきて、粉々に割れてしまう）

終わり

訳注

（1）中東のイスラム世界に広く見られる公衆浴場ハンマームのこと。かつてのローマ帝国の浴場文化を継承したもので、ふつう蒸し風呂になっている。西欧や日本では「トルコ式風呂」として紹介されてきた。

（2）モスクとは、イスラム教の礼拝施設のことだが、ここではイスタンブール旧市街にあるスレイマニエ・モスクを指している。これはトルコ史上最高の建築家と呼ばれたミマール・スィナンが設計したもので、七年の歳月をかけて一五五七年に完成された。オスマン建築における最高傑作のひとつと称されている。大ドームを中心とするドーム群と四本の長いミナレットから成る。スレイマニエ・モスクを含むイスタンブールの歴史地区は、一九八五年にユネスコ文化遺産に登録された。

（3）バザールとは、街中のモスク周辺にある屋根のついた通りに商店や工房が立ち並ぶイスラム世界特有の商業地区のことで、香料や織物、塩や金などを扱っている。バザールには定価がないのが普通である。

（4）アイランは、古くからトルコで愛飲されているヨーグルトに水と塩をまぜた飲み物のこと。

（5）シャイフとは、部族の長老、族長を意味するアラビア語であり、アラブ社会においては特定の高い地位にある男性を示す称号になっている。アラビア半島においては、特に砂漠の民ベドウィンの部族のリーダーを表す伝統的称号であった。なお原作者シンメルプフェニヒに確認したところ、この戯曲でシャイフとして登場するアル・ハラート・バルハトバという人物名は、純然たる創作であって、実在の人物ではないという。

（6）アフリカ北西部のイスラム教徒であるムーア人がスペインのアンダルシア地方に入植して発展した建築様式のこと。馬蹄状のアーチやアラベスク模様や金色のモザイク装飾などをその特徴とする。

（7）ベドウィン族とは、アラビア半島を中心とする中近東・北アフリカの乾燥地域に住むアラブ系遊牧民のこと。アラビア語のバドゥ「町以外に住む人」からできた言葉で、砂漠の住人という意味を持つ。夏は日中の気温が摂氏五〇度にもなるというアラビア半島の苛酷な環境の中で、ラクダやヤギを飼育し、砂漠の中での交易に従事してきた。

（8）ボスポラス海峡は、トルコのヨーロッパ部分とアジア部分とを隔てる、南北約三〇キロメートルにわたる細長い海峡である。北の黒海と南のマルマラ海とを結び、さらに南下してエーゲ海へと繋がるダーダネルス海峡と合わせて、海上交通の要衝となっている。

（9）ミナレットは、モスクに付随する高い塔のことで、そこからイスラムの宗教儀式として一日五回の礼拝時刻が告げられる。イスラムの権威を象徴する建造物であり、一基から二基一対のもの、数基のものまで存在する。「光塔」と訳される場合もある。

（10）臨床検査技師とは、病院などの医療機関において心電図検査や脳波検査など、種々の臨床検査を行う技術者のこと。

（11）金角湾は、イスタンブール旧市街があるボスポラス海峡西南の突き出した三角形の半島に、マルマラ海からヨーロッパ大陸に切り込んだ東西に細長い湾のこと。天然の良港になっている。

（12）スレイマニエ・モスクは、オスマン帝国最盛期のスルタンであったスレイマン一世の発願によって建設された大モスクである。礼拝堂のほか周囲には学校、病院、宿泊施設、浴場、スレイマン家の墓廟などがある。訳注（2）も参照。

昔の女

登場人物

フランク…………四〇代半ばの男
クラウディア……その妻
ロミー・フォークトレンダー
アンディ…………フランクとクラウディアの息子
ティーナ…………アンディの彼女

各場面の始めに、指定される時間が行き来する様子は字幕かアナウンス、あるいはその他の手段によって明示されなければならない。

古い建物の中にある住居の広々とした玄関ホール。そこにある四つのドアは、二枚扉の玄関口のドアと、浴室、息子の部屋、両親の寝室へとそれぞれ通じるドアである。場合によっては通路、あるいは居間や台所に通じるドアがもうひとつあるかもしれない。広々とした玄関ホールに、すでに荷造りされた引越し用段ボール箱がたくさん置いてある──家具や絵画の類《たぐ》いはもはや見当たらない。

1

閉じた玄関ドアの内側にフランク。バスローブを身にまとい、頭にタオルを巻いた彼の妻クラウディアが浴室から出てくる。

クラウディア　だれと話してたの？
フランク　ぼくが？
クラウディア　ええ、だれと話してたの？

フランク　だれって——だれとも。だれと話せって言うんだい——
クラウディア　だれかが話してるのが聞こえた気がするの——だれかと話してたじゃないの——
フランク　いや——どうして？
クラウディア　だって声が聞こえたんですもの。
フランク　声——
クラウディア　声よ、ええ、声——
フランク　でも浴室にいたんだろ——
クラウディア　ええ、そうよ——
フランク　浴室の話し声——パイプから聞こえたのかもしれないし、ほかの階からかもしれないじゃないか——
クラウディア　ちがうわ——玄関から聞こえたんだもの。
フランク　ここで——話し声ねえ——
クラウディア　ええ、確かにしたわ——この玄関から。
（短い間）
フランク　だれもいないけどなあ。
（短い間）
クラウディア　でも、だれかがいたのよ。
（短い間）

フランク　ここにはだれもいない。

（彼女は玄関口のドアを開ける。そこにロミー・フォークトレンダーが立っている。彼女は短いコートを着ている）

（間）

クラウディア　どなた？

（沈黙）

この方はだあれ？

（短い間）

フランク　こ、こちらは――

（短い間）

こちらはロミー・フォークトレンダーさん――

（短い間）

ロミー・フォークトレンダーさん、最後に会ったのは二四年前だ。

（短い間）

クラウディア　この女《ひと》がドアの前にいることを、どうしてあたしに言わなかったの？

（間）

どうして言ってくれないの？

（短い間）

どうして嘘をつくの——

フランク　（短い間）
彼女が現れて、ぼくだって唖然としているからさ。

ロミーV.　（短い間）
この方は二四年前、わたしの最愛の人でした。
（短い間）
ふたりは恋人同士でしたの、当時。
（短い間）
そして、今でもそうなんです。

クラウディア　（短い間）
なんですって？

ロミーV.　彼とわたし——ふたりは恋人同士でした、当時。そして今でも、そうなんです。
（クラウディアは夫フランクの頬に平手打ちを食らわせ、ロミーの眼前でがちゃりとドアを閉める）

2

一〇分前。だれもいない玄関ホール。浴室からはシャワーの音。玄関のチャイムが鳴る。
フランクが姿を現し、インターホンに向かう。

フランク　はい？

（応答なし）

どちら様？

（応答なし）

もしもし？

（彼は戻ってゆく。新たにチャイムが鳴る。彼は戻ってきて、インターホンの受話器を手に取る）

どなたですか？

（応答なし。彼は受話器を置くと、再び出て行こうとする。ドアをノックする音が聞こえる。彼は立ち止まる。静寂。新たにドアをノックする音が聞こえる。彼は玄関ドアへと戻ってゆく）

はい？　どなた？

（新たにドアをノックする音が聞こえる）

どなたですか？

（静寂）

（彼は突然、玄関ドアを開ける。ドアの前には短いコートを着た女性がひとり立っている）

なんでしょう？

（沈黙）

ご用件はなんですか？

（沈黙）

ロミー V.　聞こえてますよね――

フランク　わたし、あなたのことを探したわ――あなたを見つけるのは、簡単じゃなかった――

ロミー V.　そう――そうかもしれない。

（彼は玄関のドアを再び閉める。しかし、その場から動くことなく立ち止まっている）

（間）

（ドアをノックする音が聞こえる。彼は再びドアを開ける）

フランク　いいですか、よく聞いてください――

（浴室のシャワーを浴びる音がやむ）

ロミー V.　あなた――わたしがだれか分からないのね――

フランク　分からないのねって――（笑う）――もちろん、分かるわけがない。申し訳ないけど――（彼は玄関のドアを再び閉めようとする）

ロミー V.　わたしロミーよ――ロミー・フォークトレンダー。

（短い間）

フランク　でも、あなたがわたしのことを分からないって言うのなら、このドアをもう一度しっかり閉じてもらってかまわない。

フランク　ロミー・フォークトレンダー――

ロミー V.　でもあなたには、わたしがだれだか分からない。

フランク　ロミー――ロミー・フォークトレンダー……
ロミーV.　分かる――
フランク　そうか、そう――
ロミーV.　わたし達はひと夏のあいだ恋人同士だった――
フランク　ロミー・フォークトレンダー……
ロミーV.　二四年前よ。
フランク　ロミー……あの頃だ。
（短い間）
そう、ぼくたちは一七歳だった。
ロミーV.　一七歳、ええ、その通りだわ。わたしは一七歳で、あなたは二〇歳だった。そしてその時、あなたはわたしに誓ったのよ、君のことをずっと愛し続けるってね。
（彼は思わず笑う）
フランク　そうだった――
ロミーV.　あなた、笑うのね――
わたしも同じようにあなたに誓ったのよ。あなたのことをずっと愛し続けるって。
（短い間）
まだ覚えてる？
フランク　ああ――そうだったかもしれない。

ロミーV.　わたし今、あの約束を果たすために、ここへやって来たの。

（間）

フランク　なんだって？

ロミーV.　わたしは今、あの約束を果たすために、ここへやって来たの。あなたに、あなたがした約束を思い出してもらうために、わたしはここにいるの——

フランク　約束ってどの——

ロミーV.　君のことをずっと愛し続けるっていう——あの約束よ。あなたそう言ったわ。

（間）

フランク　だけど——だけどさ——

（短い間）

あのころ、ぼくは一九歳だったんだ。

ロミーV.　二〇歳だったわ。

フランク　一九だって二〇だって——変わりはしないよ——

（短い間）

一体なにが望みなんだ？

（短い間）

ロミーV.　あなたよ——それ以外になにがあるっていうの？
わたしは、あなたに思い出してもらうために、ここへ来たのよ。

フランク　思い出すって言ったって――
ロミーV.　ぼく達は永遠に愛し合う――あなた、そう言ったじゃない。
（彼は考え込む。ドアを開けようとして浴室の鍵がかちゃかちゃと鳴っている。彼はロミーの眼前で玄関のドアを閉め、話を中断する。バスローブをまとい、頭にタオルを巻いたクラウディアが浴室から出てくる）
クラウディア　だれと話してたの？
フランク　ぼくが？
クラウディア　ええ、だれと話してたの？
フランク　だれって――だれとも。だれと話せって言うんだい――
クラウディア　だれかが話してるのが聞こえた気がするの――だれかと話してたじゃないの――
フランク　いや――どうして？
クラウディア　だって声が聞こえたんですもの。
フランク　声――
クラウディア　声よ、ええ、声――
フランク　でも浴室にいたんだろ――
クラウディア　ええ、そうよ――
フランク　浴室の話し声――パイプから聞こえたのかもしれないし、ほかの階からかもしれないじゃないか――
クラウディア　ちがうわ――玄関から聞こえたんだもの。

フランク　ここで――話し声ねえ――

クラウディア　ええ、確かにしたわ――この玄関から。

（短い間）

フランク　だれもいないけどなあ。

（短い間）

クラウディア　でも、だれかがいたのよ。

（短い間）

フランク　ここにはだれもいない。

（彼女は玄関口のドアを開ける。そこにロミー・フォークトレンダーが立っている。彼女は短いコートを着ている）

（間）

クラウディア　どなた？

（沈黙）

この方はだあれ？

（短い間）

フランク　こ、こちらは――

（短い間）

こちらはロミー・フォークトレンダーさん――

（短い間）
ロミー・フォークトレンダーさん、最後に会ったのは二四年前だ。
（短い間）
クラウディア　この女《ひと》がドアの前にいることを、どうしてあたしに言わなかったの？
（間）
どうして言ってくれないの？
（短い間）
どうして嘘をつくの――
（短い間）
フランク　彼女が現れて、ぼくだって唖然としているからさ。
（短い間）
ロミーV.　この方は二四年前、わたしの最愛の人でした。
（短い間）
ふたりは恋人同士でしたの、当時。
（短い間）
そして、今でもそうなんです。
（短い間）
クラウディア　なんですって？

ロミーV.　彼とわたし――ふたりは恋人同士でした、当時。そして今でも、そうなんです。
（クラウディアはフランクの頬に平手打ちを食らわせ、がちゃりとドアを閉める）

3

家の前、少し後。

ティーナ　アンディとわたし、暖かい夕べ、わたし達の最後の夕べ――秋の太陽はもう沈みかかっていて、わたし達は――
わたし達は家に帰りたくなかった――別れることができなかった。でも明日、彼は両親と一緒にこの町から出て行ってしまう。はるか遠くに引っ越してしまう。お互いに愛し合っているのに。彼はわたしのボーイフレンド、初めてのボーイフレンド。行ってほしくない。でも、もう何もかも準備ができてる――彼の両親は、とっくにすべての荷造りを終えてしまったし、こうしてる時間が、わたし達が一緒に過ごす最後の時間なのね。家の前の土手に並んで座って、わたし達はお互いになにを言ったらいいか、分からないでいる――愛してるわ、あなたのことは決して忘れない、わたしのそばにいて、一体どうなってしまうの、ねえ――
わたし達は、いつものように、土手の上に座っていた。レインコートを着た女性が来て、家のチャイムを鳴らすのを見ていた。

わたし達、どうなってしまうの？

分からない、見当も付かない。

わたしは彼の手を握りしめ、彼はわたしの手を握る。わたし達は並んで座って、これから
どうしたらいいのか、途方に暮れていた。

4

その二、三分前。家の中。

クラウディア　なんですって？
ロミーV.　彼とわたし――ふたりは恋人同士でした、当時。そして今でも、そうなんです。
（クラウディアはフランクの頬に平手打ちを食らわせ、ロミーの眼前でがちゃりとドアを閉める）
（短い間）
クラウディア　なんで――どうしてこんな仕打ちができるの――
フランク　仕打ちって――どんな？　ぼくはなにもしちゃいない――
クラウディア　あたしに平気で嘘をついたわ――
フランク　じゃあ、どう説明すればよかったんだ、今の女が玄関の前に立ってるってことを？

クラウディア　今の女が――どうやらあなたの青春時代の最愛の人らしいわね――
フランク　二四年前だ――
クラウディア　そんな女がいたなんて、今日はじめて聞いたわよ――
フランク　ぼくだって完全に忘れてた。一目見ただけでは、だれかさえ分からなかったんだ――
クラウディア　じゃあ彼女に、そう言ってやればいいじゃないの！
フランク　なにを――
クラウディア　だから彼女のことなんて忘れてたって、だれだったかさえ分からなかったって、ちゃんと言ってやりなさいよ！　そんなとこに突っ立ってないで、あなたと恋人同士だなんて、あたしに面と向かって言うのを、ぼけっと聞いてないで――
フランク　ぼくのせいだって言うのかい――
クラウディア　違うの？　じゃあだれのせい？
フランク　ぼくはなにもしちゃいない。ぼくはただドアを開けただけさ――
クラウディア　それから、あたしに平気で嘘をついたわね――
フランク　平気で嘘をついたって一体どういう意味さ？　仕方なかったんだ――
（クラウディアは玄関のドアを再びさっと開けてみる。ロミー・フォークトレンダーは相変わらずドアの前に立っている）
クラウディア　（叫ぶ）　で今度は？
（短い間）

今度はなに？　今これからどうしたいの？

ロミーV.　いま――

（短い間）

ロミーV.　いま――今はフランクが、ふたりの愛はいつまでも終わらないって誓ったことを、思い出すところよ。

クラウディア　そう、今よ――

クラウディア　あら、そう――

ロミーV.　思い出し、それからわたしを家に入れて、あなたを外へ追い出すか――

クラウディア　お手伝いしましょうか――

ロミーV.　もしくはコートを着て、わたしと一緒に出て行くかでしょうね――わたし達があなたのせいで、ここにいられないのだとしたら。これは確かなことよ。わたしはこの瞬間を、もうずっと前から目にしていたんですもの。

クラウディア　そんな話、実現するはずがないわ。彼がそんなことするなんて、ありえない。だれもあなたを家に入れないし、フランクがあなたの望みどおり、あたしを追い出すことも、コートを着て、あなたと一緒にこの家から出て行くこともありえません。

ロミーV.　ありえませんって？　どうしてそんなふうに断言できるんですか？　あなたには未来が分かるとでも――

クラウディア　あたし？

（短い間）

おっしゃるとおりだわ、確かにそう、そのとおりですわ――

（短い間）

彼がこの家から立ち去るのは事実よ――でもあたしと一緒にで、あなたと一緒にじゃないわ。

（短い間）

ロミーV.　なによ――あなたと一緒って――
クラウディア　あなたがあたし達に会えたのはホントに偶然！　あたし達、この家から引っ越すのよ――明日、一九年ぶりにね。
（短い間）
ロミーV.　わたしがやって来た今、あなたは彼女と一緒にどこへ行こうっていうの？
クラウディア　はるか遠くね――ここから遠く離れたところ。
ロミーV.　どこよ？
クラウディア　この家の荷物の半分以上は今頃、海の上よ。残りは今日中に荷造りして、明日のお昼に持って行ってもらうの。そういうわけだから、あなたが現れたのは、いささか遅すぎたみたいね――
（短い間）
ロミーV.　で、あなたはなにも言ってくれないの――こんな時に一言も口をきいてくれないなんて、ありえない。
なにか言いなさいよ。言ってくれなきゃダメだわ。
（短い間）

フランク　そのとおりだ。

ロミーV.　なによ、なにがそのとおりなの――

フランク　そのとおりってのは、クラウディアとぼくは、もうすぐ付き合って二〇年になる夫婦だってことさ。ぼく達は結婚して、ほとんど成人に近い息子もひとりいるんだ――

ロミーV.　（激しく）どうして――どうして彼女があなたの子供を産んでいるの――

フランク　――そして明日、ぼくらはこの家を出て行く。
（短い間）
確かにぼく達は昔、お互いを分かり合えていたかもしれない、でもそれは未来永劫に続く契約ってわけじゃないだろ。

ロミーV.　いいえ、あれは契約よ、契約は守らなければダメ。だってあなた、約束したじゃないの。
（短い間）
それにあなたはわたしのために歌ってくれたわ。まさか忘れたわけじゃないわよね？　わたしのために歌ってくれたあの歌、今でも覚えているわよね？

フランク　（彼女をさえぎって）ぼくが二四年前になにを言ったにせよ、もうどうだっていいだろ――とっくに期限切れさ。ぼく達は恋人同士じゃないし、そうだったのも、せいぜいがひと夏か、ふた夏だけだったろ。でもクラウディアとぼくは、二〇年もお互いを知り合えているんだ。

クラウディア　あたしが思い出すかぎり、この二〇年で歌を歌ってくれたことなんて一度もなかったけどね――

ロミーＶ．　はっきり言うけど、彼女はあなたのことなんてなにも知らないわ――

クラウディア　あたしは彼の子供の母親よ――あたしは、彼の人生のあらゆる決定的な局面で、ずっとこの男《ひと》に寄り添ってきたの。彼の考えのすべて、身振りのすべて、歩きかたのすべてを知っている。彼だってそうよ、まったく同じように、あたしのすべてを知っているの――

ロミーＶ．　知っているですって！　ひょっとしたら知っているのかもね、でも愛することは？――あなたは二四年前から、あなたにとって唯一の女であるわたしのことだけを、愛してくれてるんでしょう――

クラウディア　もう十分。お前のことなんか完全に忘れてたって、あの女に言ってやりなさいよ――一目見たぐらいじゃあ、だれだったかさえ分からなかったって。

ロミーＶ．　そんなのって、ありえないわ。あなたがわたしを追い出すなんて不可能よ。悪い夢を見てるのね――でもこんな夢、すぐに過ぎ去ってしまうわ。

フランク　いや――そういうことかな。

ロミーＶ．　こんなの悪夢よ、でもすぐに目が覚めるでしょう――

（短い間）

――そしてわたしが目を開けると、あなたはわたしの上に身をかがめていて、目の前にあなたの顔。それからやさしくわたしにこう問いかけるの、具合はどう？　大丈夫？　そしてわたしはきっと、こう答えるでしょうね、分かってたわ、ようやく連れ戻してくれたのね。それからわたし達は、キスをはじめるの。

クラウディア　約束してあげる、彼はあなたを迎えに行ったりはしません。彼はなにも言いません——それに、あなたにキスなんてするもんですか。

（短い間）

もうドアを閉めるわよ。

ロミーV.　じゃあ——またね——また後で。

5

少し後。

ティーナ　それから二、三分経《た》って、レインコートを着た女性は再び外へ出て行った。見たところ彼女は興奮して、混乱していたわ。二、三歩歩き出したと思ったら、立ち止まって向きを変え、もう一度振り返って、また二、三歩歩き出す——

わたし、どうしてかは言えないんだけど、石ころをひとつ拾ってみたの。

石ころを手に取ると、彼女めがけて投げつけた。でも、はずしてしまった。石が舗装道路にぶつかって、砕ける音がしたわ。
それからまた二つ目の石ころを取り、彼女めがけて投げつけた。でも二度目も、命中しなかった。石ころは舗装道路にぶつかって、彼女は立ち止まり、振り返った。次々と飛んでくる石に、びっくりしていたけど、ちょうどこっちを見上げているのに、わたし達の姿が彼女にはよく見えないみたいだった。そしてそれから、アンディはわたしの手を離すと、自分でも石ころをひとつ拾って、彼女に向かって投げつけた――ふたりとも、なぜだか分からない。とにかく彼は、ちょうど彼女が歩き出そうとしたその瞬間、あの石ころを投げたの。

6

同じ時刻。
住居の中。フランクとクラウディア。二人は無言で荷造りをしている。彼は新しい段ボール箱を組み立てているところ。クラウディアはいつのまにか服を着ている。彼女は荷物がいっぱいに詰まった箱を居間から舞台の上へ引っ張ってくる。

クラウディア　これにはなにが入ってるの？
フランク　なんだろうね。

クラウディア　あなたが荷造りしたんでしょ？
フランク　かもしれないけど。
クラウディア　あたしじゃないわ。
フランク　じゃあたぶん、ぼくだろう——
クラウディア　でも中身は分からないのね。
フランク　分からない。
（短い間）
クラウディア　詰めすぎよ。
フランク　詰めすぎ？　でもちゃんと閉まってるじゃないか。
クラウディア　重すぎるのよ。持ち上げたら、底がぬけちゃいそうだわ。
（短い間）
何回も言わせないで——詰め込みすぎると、底がぬけちゃうの。さっきから何回も頼んでるわよね。
フランク　そのとおりさ。君はぼくが詰めた段ボールを見るたびに、さっきからおんなじことばかり言って、中身を詰め替えてる。だから倍の時間がかかってるわけだけど、ぼくが詰めた段ボールで底がぬけたのなんて一個もないじゃないか——ただの一個も。
（彼は腹を立て、彼女がたったいま玄関ホールに運んでいった段ボール箱のところへ行く）
（彼はそれを、ほかの段ボールの上に載せようと、持ち上げる）

（その際、段ボール箱の底がぬけ、中身が床の上に落ちる）

クラウディア　（非難するように）　なにしてんのよ！

フランク　こりゃ一体なんだ――

（段ボールからは、いっぱいに詰め込まれたポリ袋の山が出てくる）

クラウディア　穴あき石[1]だわ！

フランク　これを詰めたのは、ぼくじゃないぞ――この石、もう何年も手にしてなかったな。まだあったとはなあ。

（クラウディアはポリ袋のひとつから石ころをひとつ取り出してみる）

クラウディア　見て――

（彼女は石に空いた小さな穴を覗き込んでみる）

この穴を覗くと未来が見えるんですってよ。

フランク　あるいは過去がね――持ち方によるんだけど。

クラウディア　そうなの？

（彼女は石の両側をつくづく眺める）

フランク　どうして一個ずつポリ袋に入れたんだ――

クラウディア　どうしてって？　見て――

（彼女はそのポリ袋を取って高く掲げる）

――このポリ袋をよく見て。

（彼は一瞬考えてから、ポリ袋に書いてある文字を読むことに気付く。ポリ袋にはエッフェル塔の絵が描かれている）

フランク　なんてこった！

クラウディア　どこのだか分かるでしょ？

フランク　これを君は――

（短い間）

これを君は何年も――一九年もとっておいてくれたのか――

クラウディア　そう――そういうことね――

（短い間）

フランク　こっちへおいで――

クラウディア　いやよ！

フランク　おいでったら！

クラウディア　ダメよ！　あたしたち荷造りを続けなくっちゃ。

フランク　さあ！

（短い間。彼女は彼の方へ行く。二人は抱き合う）

クラウディア　（抱かれながら）　どうして彼女のことを説明しなかったたか、理由は二つしかないわ。

フランク　やめてくれ、もう彼女はいないんだから喜びなよ。

クラウディア　あなたにとって彼女が本当にどうでもよかったのか――それならあなたは彼女のこと

を単純に忘れてたってことになる――

（フランクは彼女を愛撫する）

あるいは逆に、あなたにとって彼女が非常に重要だったかの、どっちかね――

（彼女は抱擁から身を離す）

――だからあなたは、彼女のことを一度も話さなかったのね。つまりあなたは、あたしには秘密にしておきたかったたってこと。

（彼女は非難するように彼を見つめる）

フランク　彼女のことなんて完全に忘れてたんだ。今じゃもう、正確に思い出すことさえできない。

クラウディア　でもあなたは、彼女に言ったじゃない――

フランク　なにを？

クラウディア　ほら――

フランク　ちがうってば――あれは――あれは歌詞なんだ、なんとかいう歌の――もう覚えてない、ぜんぜん覚えてないいんだ――

（短い間）

クラウディア　それじゃあやっぱり、彼女に例のセリフを言ったかもしれないじゃない――だって、覚えてないいんでしょ。

（短い間）

かわいそうな女《ひと》ね――

7

鍵が大きな音とともに壊され、玄関のドアがさっと開く。短い間。
フランクとクラウディアの息子アンディが、家の中に飛び込んでくる。彼はショックを受けたように息を切らしていて、話もできない。彼はレインコート姿の死んだロミー・フォークトレンダーを腕に抱えている。

アンディ　助けて――
クラウディア　なんなの――
フランク　どうした――
アンディ　外の、家の前に、この女性《ひと》が倒れてた――
（短い間）
フランク　ロミー――
アンディ　死んでるんだ――
フランク　死んでる？
アンディ　死んでる――そう、家の前の舗道に倒れて死んでた。
（短い間）

クラウディア　女の人が――死んでたって――どうしてそのままにしておかなかったの？
（短い間）
アンディ　えっ？
クラウディア　どうしてそのままにしておかなかったの？
アンディ　そのままにする？　死んだ人を？
クラウディア　そうよ――
アンディ　そんなことできないよ――
フランク　そりゃできないさ――
クラウディア　どうしてできないのよ。じゃあ、一体どうすりゃいいの？
（短い間）
家の中でこの死体をどうしろっていうのよ？　戻してらっしゃい――
アンディ　家の前に戻せ？　また舗道に転がしてこいっていうの？　できないよ！
クラウディア　生きていようが死んでいようが、この女をあたしの家に入れるわけにはいかないの。
アンディ　ぼくには運び出すなんてできない――
クラウディア　できるわよ。運び込むことはできたんだから。
（短い間）
アンディ　（突然彼は吐き出すように）　ぼくが殺したんだ！
フランク　なに？

クラウディア　なにを言い出すの――

アンディ　ぼくが彼女を殺したんだ――

（クラウディアは開いたままのドアを閉めようとする。しかし鍵が壊れているので、ドアは何度やっても半開きになる。力まかせに閉じようとしても、閉まらない）

フランク　彼女をほら――この上に寝かせて――

（アンディは死んだ女性を引越し用段ボールの上に寝かせる）

クラウディア　そんな、ダメよ――

アンディ　どうしてこんなことになったのか、分からない――

フランク　なんだ？　なにが起こったんだ？

アンディ　ティーナとふたり一緒にいたんだ。今日がぼくらの最後の日だったから。太陽はもう沈みかかってて、そしたらこの人が、この女の人が、ちょうど家を立ち去るところで、そしたら、どうしてか言えないんだけどさ、ぼく達は彼女に腹が立ってきて、彼女の様子か、歩き方か、よく分からないけど、落ち着きのなさだったかもしれない、とにかく無性に腹が立ったんだ。ぼく達は同時にそれを感じて、それからティーナが石を拾って彼女めがけて投げつけたんだ。二回とも当てそこなった。この人はずっと遠くにいたから、命中なんてできっこないと思って、ぼくも彼女に向かって石を投げた。ところが、その石は引き寄せられるみたいに飛んでいって、ちょうど彼女が向きを変えようとした瞬間に、頭に命中した。この人はばったり倒れて、それからもう起き上がらなかった。

（短い間）
ねえ、ぼくはなにをしたの？
（間）
あの一瞬と、あの一投のために、ぼくは一生、償《つぐな》わなければならないんだ。
（沈黙。なにを言ったらいいのか、だれにも分からない）
（母親は息子を抱擁する。父親は死んだ女性の方を向く）

フランク　生きてる！
アンディ　えっ？
フランク　息をしてる――
（短い間）
――浅いが、ちゃんと呼吸している――
クラウディア　生きてるのね――
フランク　気絶してただけさ――石がぶつかって、気を失っていたんだ――
（短い間）
お前は彼女を殺してない。
（短い間）
アンディ　殺してなかった――
フランク　そうなると、このままにしておくわけにもいかないな――脳震盪《のうしんとう》を起こしてるんなら、暗いところに寝かせなきゃいけない。
クラウディア　どこに寝かせればいいの――
アンディ　ソファの上かな――
クラウディア　ソファはもう運び出しちゃったわ――
アンディ　運び出したのか――
クラウディア　今頃はほかの家具と一緒に海の上よ――
フランク　このまま放っておくわけにもいかないだろ――また目を覚ますまで、どれくらいかかるのか、分からない――
アンディ　じゃあ、お父さん達のベッドに寝かせてあげてよ――
クラウディア　ダメよ。あたし達のベッドは絶対にダメ――
フランク　じゃあお前のだ――彼女はお前のベッドに寝かせよう。
アンディ　ぼくの――ちょっと待って――ぼくのベッドに寝かせちゃったら――ぼくは一体どこでその――
（短い間）
後でティーナがもう一回来るんだよ、それが最後の別れになるんだ――
クラウディア　なにもあんた達、ここで会わなくたって――
アンディ　そうだけどさあ――
（短い間）

――でもティーナの家には行けないんだ、親父さんがぼくを嫌ってるから。
（短い間）
クラウディア　だったら映画館へ行きなさいよ――ほかにもこう、いろいろとあるでしょ――
アンディ　で、その後は？　今夜この人と一緒にベッドで過ごすなんてイヤだからね！
（沈黙）
フランク　できないか――
アンディ　絶対にイヤだ！
フランク　できないか――
アンディ　そんなの絶対にイヤだ！　こんな女、連れてこなきゃ良かったよ――
（アンディは怒って出て行く）
（フランクとクラウディアは気を失ったロミーとともに後に残される）
フランク　それじゃふたりで運ぼう――
クラウディア　あなたが運びなさいよ――
フランク　ぼく一人じゃ運べない――
クラウディア　運べない？　この女《ひと》、そんなに重たいの？　昔のあなただったらきっと、抱きかかえてあげることができたでしょうにね――これはなあに？
フランク　なんだ？
クラウディア　ほら――床の上――これよ――

これは血かしら？
フランク　血？
クラウディア　みたいね――
フランク　どこ？
クラウディア　ほら、床の上――
フランク　たしかに――染みになってるな。まったく気付かなかった。
これは――（彼は染みを調べる）たしかに血だ――彼女は血を流してる――
クラウディア　どこから？
フランク　よく分からない――
クラウディア　ちゃんと調べなさいよ――
（彼は段ボール箱の上で横になった女性を急いで調べる）
フランク　傷はない――
クラウディア　きっと隠れてるんだわ――服の下か、あるいは髪の下に――ちゃんと確かめなきゃ。
ほら、触って。どうせ初めてじゃないんでしょ。
フランク　どうして君がしないんだ？
クラウディア　あたし？　絶対にイヤ。人の体なんて触りたくないもの。
（彼はクラウディアの立会いのもと、ロミー・フォークトレンダーの体を調べる）
（ちょっとしてから）――それで？

フランク　見当たらない――
クラウディア　彼女の体、昔と同じ感じ？
（フランクは作業を中断して、クラウディアを見つめる。それからまた傷を探す）
どうなのよ？　まだ昔みたいな感じがする？　今でも感触を覚えているの？　あの頃の思い出がよみがえってくる？
フランク　ここだ――
（彼は証拠として手に血の付いた跡を見せる）
ここだ――髪の毛の下だった――ここが切れてたんだ。
（短い間）
包帯を巻かなきゃな――
クラウディア　包帯ですって――
フランク　ああ――救急箱を探してくれ――まだ出血してるようなんだ――
クラウディア　（途方に暮れて何個かの段ボール箱を意味なく開ける行動をとる）救急箱なんてどう探せばいいのよ――だってもうとっくに全部、荷造りしちゃってるのに！
フランク　それじゃぼくが車まで行ってくる――
クラウディア　あなたが――
フランク　車までね――
クラウディア　それで、あたしはどうすればいいの？

フランク　君はここでそばにいろよ——ぼくが戻ってくるまで——
クラウディア　いやよ——ひとりぼっちで彼女のそばにいるなんて！　彼女とふたりにするなんて、あなた正気？——彼女が目を覚ましたら、あたし、どうしたらいいのよ？——あたしが彼女になんて言ったか、忘れないでよね！
フランク　それじゃ君が行ってくれよ、ぼくが彼女のそばにいるから。
クラウディア　あなたが残るですって——ここで彼女とふたりっきりにさせてほしいわけね——
フランク　どちらかが行かなきゃ——
クラウディア　なんで彼女を揺すって起こして、玄関の前に座らせておかないのよ——
フランク　この状態でか——死んでなくてありがたいと思えよ。
クラウディア　あたしが行くのが一番かしら——
フランク　車のところへ行って、早く救急箱を取ってきてくれ——
クラウディア　どうしてふたりで一緒に行かないの——
フランク　（声を荒らげて）　ひとりっきりになんてできないだろ。急いでくれ——！
（クラウディアはためらいながら出てゆく）

8

フランクとロミー。彼は段ボール箱の上に寝ている女性の隣に座って、ずっと彼女の頭をおさえている。この光景以外なにも見えない。彼は女に目を向ける。ぼんやり前を見ている。彼女は目を開けると、しばらく彼をじっと見つめる。でもはじめ彼は、それに気付かない。


フランク　具合はどう？　大丈夫？

ロミーV.　分かってたわ、ようやく連れ戻してくれたのね。ようやく――

フランク　そうじゃない――

ロミーV.　そうよ、あなた――

（短い間）

そうでなければ、わたしがここにいるはずないもの――

（彼女は昏睡状態に戻る。間。彼は相変わらず段ボール箱の上に座って、ずっと彼女の頭をおさえている）

（それから彼は、腕の中に彼女を抱きかかえて起き上がり、彼女をアンディの部屋へと運んでゆく）

（舞台にはだれもいなくなる。クラウディアが救急箱を手に急いで戻ってくる）

クラウディア　ほら――

（そこにはだれもいない。彼女はひとりで玄関ホールに立ち尽くす）

9

夜遅く、明け方の三時半ごろ。だれもいない玄関ホール。ロミー・フォークトレンダーは薄暗がりの中、頭に包帯を巻いて息子の部屋から出てくる。彼女は身動きひとつせずに立っている。それから彼女は、玄関口に置いてある段ボール箱のひとつに腰をおろす。静寂。アンディが、玄関口のドア——とりあえず内側から引越し用段ボールを二、三個積んでふさいだ——を通って、家の中に入ってくる。彼は扉を押して、段ボールをわきへ寄せる。そのとき一番上に積んであった段ボール箱が崩れ落ちる。古くなった子どものおもちゃやミニカー[2]がいくつか床に散らばる。彼は明かりを点《つ》け、床の上を眺める——

アンディ　ぼくの箱だ——よりによってぼくのだなんて。
（彼は自分の玩具類を再び段ボール箱の中へ詰め込みはじめる）
どうしてぼくの荷物がこんなところに置いてあるんだ——

ロミーV.　びっくりしないで——

アンディ　（びっくりする）うわあ——
（短い間）
（アンディは片付けるのをやめる）

お母さんたちはどこ――
ロミーV.　眠ってるわ――
（短い間）
アンディ　で、あなたは？
ロミーV.　わたしは起きてる。
アンディ　ああ――
ロミーV.　あなたはなにしてるの？
アンディ　ぼくも起きてる。
ロミーV.　どこから来たの？
アンディ　外から――
ロミーV.　夜中の三時半よ、眠くないの？
アンディ　いや――
ロミーV.　布団に入る気はないの？
アンディ　ない、ない――
（短い間）
あなたは眠くないの？
ロミーV.　眠くないわ――
（短い間）

アンディ　ベッドは使っていいから。
ロミーV.　わたしが？
（短い間）
でも、あなたのベッドなんでしょ――
アンディ　そう――でも、好きに使って。
（間。両者とも黙ったままである。アンディは突然、壁の方へ振り向くと、ズボンのポケットから極太の黒いマジックペンを取り出し、なにかのしるしか、サインのようなものを壁に落書きする。それから彼は、ロミー・フォークトレンダーの方を振り向くと、じっと彼女を見つめる。間）
ロミーV.　それはなに？
アンディ　ぼくのしるし。
ロミーV.　あなたのしるしって――どんなしるし――
アンディ　ぼくのしるしは――名前みたいなものかな――ぼくだけのものなんだ。
ロミーV.　どうしてそんなことするの？
アンディ　これはぼくのしるしだから――このサインを見た人は、ぼくがここにいたってことが分かる。
ロミーV.　ああ、そういうこと――
アンディ　そう。
ロミーV.　でも、だれに見てもらいたいの――

アンディ　えっ――

ロミーV.　――あなたがここにいたってこと。

（間）

アンディ　それは分からないな。

（短い間）

明日にはぼく達、ここを出て行くんだから。

ロミーV.　そしたらきっとこの家は、新しく塗りなおされるわね。

（短い間）

アンディ　だとしても――ぼくはここにいたんだ。

10

ティーナ　わたし達は彼の家に入ることができなかった。だってそこには、さっき彼が石をぶつけた、あの女の人がいるんだもの。かといって、わたしの家に行くこともできなかった。パパはアンディのことが好きじゃないから。目つきが信用できないって、パパは言うの。だからわたし達は薄暗がりの中、いつもと同じように土手の上で待ち合わせして、それから映画を見に行くことにした。
映画はある女性の物語[3]。彼女はパンドラの箱がある男の手に渡る前に、それを見つけ出さなければならなかった。その男はパンドラの箱を手に入れて、全世界を脅《おびや》かそうと企んでいるの。追跡の旅はいくつもの大陸にまたがって、彼女はギリシアからイギリスへ行き、ロシアと中国を経由して、人類のゆりかごのアフリカ大陸まで行く。

わたし達はヒロインと一緒になって、潜水艦に乗ったり、オートバイを運転したり、ジープに乗ったり、パラシュートで降下したり、船に乗ったり、馬にまたがったり、ヘリコプターにぶら下がったりしながら、旅をした。

で、映画館を出たのが一一時半。わたし達はまた土手の上に戻ったんだけど、外でしょ。すっごく寒かった！　まともに着込んで来なかったから。でもわたしの家へ行くにはまだ早すぎた。

一二時半、もう寒さでそれ以上はじっとしてられなかった。それでとうとう、わたしの家へ行くことにしたの。

わたしは玄関のドアから家に入り、アンディは下の庭に隠れて、わたしの部屋の窓の前で待っていた。

家の中はどこも真っ暗、しんと静まり返ってた。パパとママはとっくに二階で眠っている。わたしの部屋があるのは半地下で、アンディは音を立てずに狭い窓から部屋の中へと忍び込んだ。あたりは静まり返っている。

暗闇の中で、わたし達は狭いベッドの上に隣り合わせになって、そっと寝そべった。音楽はなし。ふたりの真上と周りの家は――古代の墓石のよう。地下には小さな浴室とわたしの部屋と地下倉庫があって、一階に居間と台所、二階にパパとママの寝室ともうひとつ浴室が付いている。

やがてわたし達は裸のままで、家の中をあちこち歩きはじめたの。真っ暗闇の中、こっそりと部屋を通って、玄関を通って、階段を上がったり下りたりする。パパとママの部屋の前ではちょっと立ち止まって、それから先へ歩いたりした。とても寒かったけど、裸のままで玄関のドアを出て、庭の芝生の上を通って、それからまた地下にあるわたしの部屋へと戻っていった。

そしたらそこにはいきなりパパがパジャマ・ズボンにシャツ一枚の姿で立っていたの。

「出て行け、今すぐ出て行くんだ――」、そう言うなりパパは、アンディを掴むと無理やり引っ張っていって、大声で泣きわめくママを素通りして階段を上ってゆき、彼を家から放り出した！

すぐに階段を駆け下りて自分の部屋へ戻ったわたしは、ドアを閉めて内側から鍵をかけた。それからふたりの荷物を掴んで窓から表に出る。後ろからはパパの怒鳴り声が聞こえてきた。

彼の家へ行く途中、アンディはマジックペンを取り出すと、壁という壁、あらゆる張り出したところ、目に付くすべてのガレージの扉、ありとあらゆる場所にわたし達のしるしを書いていった。彼の名前とその隣に私の名前、アンディとその傍《そば》にはティーナ。マジックペンは彼からわたしの手に移り、また彼の手に戻ってゆく。プラスもハートマークもつけず、ただひたすらわたし達のしるしを――あるがままに並べて書き続けた、彼の家に向かう途中、いつまでもずっと。

そしてアンディの家の玄関前に到着すると、彼はこう言った、じゃあな――

（短い間）

――ぼくは君を愛してるけど、ぼくらが会うことはもう決してないだろう。そうね、とわたしは言った、分かってるわ。元気でね。さよなら。

11

二日前。住居はすでに整理中だ。両親は荷造りの最中。息子は自分の部屋から段ボール箱を運び出し、それを玄関ホールに置く。両親は彼の荷物に目もくれない。彼はちょっとのあいだ、そこにボーッと立っている。

それから彼は壁の前に立つと、極太の黒いマジックペンでしるし、符号化されたサインのようなものを壁に落書きする。光が差し込む。

フランク　やめなさい――
アンディ　なんで――
フランク　そんなことはしちゃいけない――

アンディ　どうして――

フランク　壁をダメにする気か――

アンディ　壁って――

フランク　そう、壁だ――

アンディ　壁ならもう、ダメになってるじゃないか――

（短い間）

フランク　あさってにはペンキ屋が来て、一九年ぶりに全部きれいに塗りなおすんでしょ――ダメになってるって？　この家の壁はダメになってなんかない。古びてるかもしれないが、ダメになってはいない――お前がダメにしてるんだ――そんなものを書いたら、塗りなおしがきかなくなるだろ――

アンディ　そのほうがいいじゃないか――

（フランクは脱色剤を入れたミニバケツを持ってきて、落書き箇所にローラーで塗ってみる）

フランク　ほらごらん――とれやしない――

（彼はあらためて落書き箇所をこすってみる）

――ほら何度やっても消えない――見てみなさい――

12・1

二日後、夜の三時半少し過ぎ。

ロミーV.　（頭にある血のにじんだ包帯を触って）　わたしの頭はどうしたの？　知ってる？

アンディ　知らない――

ロミーV.　知らないの？

アンディ　怪我をしてる。

ロミーV.　みたいね――どうして怪我をしたのか分からないけど。きっとなにかにぶつけたのね。

（短い間）

それで目を覚ますと、またこの家に寝かされてた、と。

アンディ　（肩をすくめて）　ぼくはずっと外にいたんだ――だからなにが起きたか分かるわけない。

ロミーV.　それじゃ、わたしがここにいるって、どうして分かったの？

（返事はない）

あなたは家に戻るとき、わたしがこの家にいるって――知ってたんじゃないの。違う？

（返事はない。アンディはひっくり返った自分の段ボール箱を引き続き片付けている。彼はその際、子供の頃に遊んだ玩具類の一つひとつをじっくりと眺める。ミニカー、インディアン人形、レゴブロックのかけら）

（沈黙。彼は手の中でミニカーを玩《もてあそ》んでいる）

アンディ　これは昔のレーシングカーで、ドアが上に開くウイング仕様なんだ――
（彼は実際に、ミニカーのドアが上に開く様子を彼女に見せる）
このドアって翼みたいだろ。
（それから彼はミニカーを段ボール箱へ投げ込む）

ロミーV.　Who knows how long I've loved you
You know I love you still
Will I wait a lonely lifetime
If you want me to ― I will.
（ぼくが君をどんなに長く愛してきたか誰も知らない
君は今でもぼくが君を愛してるって知ってる
さみしい人生を送りながら待つつもりかって――
君が望むなら、そうするさ。[4]）

アンディ　これ、知ってる？
歌のこと？　もちろん[5]――
（短い間）
当然、知ってるよ。

（短い間）

でも、どうしてその歌を知ってるの？

（彼は最後のがらくたを拾い集めて段ボール箱に放り込む。彼はひっくり返した玩具類のすべてを元どおりに片付けて、まだ空きのある段ボール箱にふたをし、その上に例のしるしを大きく書き込む）

見える？

ロミーV.　それはなあに？

アンディ　しるしだよ――サインをする前、これはただの段ボールだった。それがどう――今ではぼくの段ボールってわけだよ。そのためのしるしなんだ。この段ボールはぼくのもの。ぼくのはこれひとつだけ――この箱ひとつしかいらないんだ。

12・2

同じ夜、その後。

アンディ　石だったんだ。

ロミーV.　どんな石――

アンディ　あなたに当たったのは石だったんだ。

ロミーV.　まさか――

アンディ　本当——石だった——けっこう大きめのやつで——それがあなたの頭にぶつかった。
ロミーV.　どうしてそんなこと知ってるの？

12・3

同じ夜、その少し前。ちょうど彼は、まだ空きのある段ボール箱にふたをし、その上に例のしるしを大きく書き込んでいる。

アンディ　見える？
ロミーV.　それはなあに？
アンディ　しるしだよ——サインをする前、これはただの段ボールだった。それがどう——今ではほぼくの段ボールってわけだよ。そのためのしるしなんだ。この段ボールはぼくのもの。ぼくのはこれひとつだけ——この箱ひとつしかいらないんだ。
(短い間)
ロミーV.　恋人はいるの？
アンディ　うん。
ロミーV.　なんて名前？
アンディ　ティーナ。

ロミーV.　いま、どこにいるの？
アンディ　家にいると思う、それとも、まだ家に帰る途中かも。
ロミーV.　どうしてここに呼んであげないのよ？
（短い間）
アンディ　場所がないから。
ロミーV.　ああ、そうか──
（短い間）
どうして、彼女のそばにいてあげないの──
アンディ　一緒にいた──ついさっきまで。
ロミーV.　愛してるの？
アンディ　うん、とっても。
ロミーV.　とってもって、どれくらい愛してるの？
アンディ　きっと彼女のことは永遠に愛し続けるだろうな。
ロミーV.　永遠に？
アンディ　そう、永遠に──
ロミーV.　彼女はそのことを知ってるの？
アンディ　知ってる。
ロミーV.　そう言ってあげたのね？

アンディ　そう言ってやった。
ロミーV.　本当に？
アンディ　ちゃんと言ったさ――ぼくは君のことをずっと愛し続けるって。
（短い間）
ロミーV.　で、彼女はどんな様子だった？
アンディ　できれば、絵に描《か》くんだけど――でも、ぼくには描けないや。
（短い間）
できれば、彼女の絵で壁全部を埋め尽くすのに、防火壁いっぱいに彼女の体を描くのに。壁一面に森の絵を描くんだ、そして彼女の体はその森なんだ、枝があって、小枝があって、葉っぱがついていて、全部生きてる、壊すなんてことはできない、目の前で青々と生い茂って、壁一面に描かれ、緑の葉っぱでできた彼女の体は、しなやかに揺れて、今にも動き出しそうさ。壁一面にひとつの森があって、それが一個の体なんだ――おぼろげで、輝いている。そんな風に描けなければダメさ、謎めいた感じで、見た人を困惑させるんだ――そこには動物たちがいて、声も聞こえる。その森は、彼女のそばで目覚めるのと同じように、目の醒めるような澄んだ緑色。その後ろは真っ暗で、トラやオウムがいる。現実には存在しない場所なんだ。絶望や美や闇、それが彼女の体。人間は絶対に生きられない闇。ただ数本の太陽の光だけが湖に差し込んでいて、そこで誰かが泳いでいる、一組の恋人たち。それが、防火壁に描かれてなきゃあね、木の根や魚たちも。これが、ぼくの恋人の体なんだ、彼女の若さ、これから先、彼女に訪れるすべて。ほかの男たちだったり、別な人生だったり。子どもたちとか。
彼女の体の動きも見える。
ただ森だけの壁画、森でいっぱいの防火壁。穴が空くとしたら、誰かがちっぽけな窓枠を壁の上のほうへはめ込んだときだけさ。
（短い間）

ロミーV.　それで、顔は？
アンディ　顔か――
（短い間）

ロミーV.　彼女の顔は――
アンディ　顔は空だよ。家の上、壁の上にある大空。煙突が首かな。雲が髪の毛で、そして空が透明で謎に満ちている眼なんだ。
（短い間）

ロミーV.　信じられない、あなたお父さんにそっくりだわ。あの人が若かった頃に。
（短い間）

アンディ　石だったんだ。
ロミーV.　どんな石――
アンディ　あなたに当たったのは石だったたんだ。

ロミーV.　まさか――
アンディ　本当――石だった――けっこう大きめのやつで――それがあなたの頭にぶつかった。
ロミーV.　どうしてそんなこと知ってるの？
アンディ　だって、あの石を投げたのはぼくだから。
ロミーV.　あなただったの――
アンディ　そう、ぼくさ。ぼくがやった。
ロミーV.　それじゃ、わたしをここまで運んでくれたのも、あなただったのね――
アンディ　ぼくだった、そう――
ロミーV.　あなたが運んでくれたんだ――お父さんじゃなかったのね。
アンディ　ああ、ぼくだよ――最初、あなたは死んでしまったと思ってた――
（ロミー・フォークトレンダーは若者に近付いてゆくと、彼に情熱的にキスをする）

12・4

その少し前。

ティーナ　彼は言ったわ、もう会うことはないだろうって。わたしのことは愛してる、でもぼくらが会うことはもう決してないだろうって。

（短い間）

そう言うと、彼は家の中に消えていった。それからわたしは――わたしはこう考えた、彼はまたすぐに戻ってきてくれるって。たしかに彼は言ったわ、ぼくらが会うことはもう決してないだろうって。でも彼がいま家の中でなにをするっていうの。彼の居場所なんてないじゃない。彼は部屋の明かりを点けた――でもそれ以上、わたしは見ることができなかった。

わたしは今、彼の家の前にじっと立って、彼がまた戻ってきてくれるのを待っている、外は寒いわ。

（短い間）

わたしは五分、一〇分と待っている、でも彼は戻ってこない。

わたしは土手の暗闇にひとり立っている、ちょうど街灯の光の陰になったところ。みんな眠っていて、車も来ない。物音ひとつしない。

はるか上空を飛行機が飛んでいる。今、あの飛行機の中はどうなってるんだろう？

路地には人っ子ひとりいない。わたしはずっと待ち続ける。でも彼は戻ってこない。

12・5

少し後。玄関ホールにいる息子と女性。彼女は彼と寝た。

ロミーV.　いま、彼女のことはどうなってるの――
アンディ　彼女のことって？
ロミーV.　ずっと愛し続ける――そう彼女に誓ったんじゃなかったの――
アンディ　（笑う）　そう言った、たしかに――
（短い間）
ロミーV.　それで？
アンディ　どうだっていいんだ――
ロミーV.　どうして？
アンディ　だってもう二度と会わないんだから。
ロミーV.　二度と？
アンディ　うん、もう二度と会わない。
ロミーV.　どうしてそんなことが分かるの――
アンディ　分かってる。
ロミーV.　この町にずっといたっていいじゃない。

（短い間）

アンディ　それとも戻ってきたって。

　　　　　できないよ。

ロミーV.　どうして？

アンディ　だってもう終わったんだから。それだけさ。

（そう言うと、彼は身をかがめて彼女にキスをする。彼女はキスの間に、さきほど救急箱を探しているときに出てきたポリ袋に手をのばす。そして、上にエッフェル塔の絵が描いてあるポリ袋を掴む）

（二人はアンディの部屋へと姿を消す）

12・6

およそ一〇時間前。

クラウディア　見て――

（彼女はそのポリ袋を取って高く掲げる）

――このポリ袋をよく見て。

（彼は一瞬考えてから、ポリ袋に書いてある文字を読むことに気付く。ポリ袋にはエッフェル塔の絵が描かれている）

フランク　なんてこった！
クラウディア　どこのだか分かるでしょ？
フランク　これを君は――
（短い間）
これを君は何年も――一九年もとっておいてくれたのか――

12・7

およそ一〇時間後。

息子と女性。二人はアンディの部屋に姿を消した直後に、再び部屋から出てくる。彼らはキスを交わす。彼は笑って、彼女にキスし続けようとする。一方、彼女は、彼にキスしながら、彼の頭の上にポリ袋をかぶせようと試みる。

二人は再び彼の部屋の中に姿を消す。

二人がもう一度姿を現す。このとき、彼女はすでに彼の目の上までポリ袋をかぶせている。

二人がキスを交わすうち、彼は袋を脱ごうとするが、なにが起きているのか、まだ理解していない。

二人は再び彼の部屋に姿を消す。

次に登場するとき、彼は袋を脱ごうとするが、うまくいかない。彼女は彼の頭の上にすっぽりとポリ袋をかぶせてしまった。彼はもがき苦しむ。呼吸できない。彼は死にかけている。彼の部屋へ戻る。彼はもがきながら、目も見えず息を詰まらせながら、なんとか玄関ホールに這い出そうとする。彼女はアンディを彼の部屋へ引きずり戻す。別なドアから――パンティに胸の大きく開いたTシャツ姿で――母親が出て来る。彼女は完全に寝ぼけている。彼女はなにか耳にしたのか？

クラウディア　アンディ？

（返事がない。彼女は浴室へ行き、中に入って浴室のドアを閉める。浴室から物音が聞こえる。息子は、すでに瀕死の状態にあるが、もう一度だけなんとか玄関ホールへと這いずり出る。トイレの水を流す音が聞こえる。しかし、ロミー・フォークトレンダーがアンディを彼の部屋へと引きずり戻す。母親は浴室から出てくると、再び自分の部屋へと戻る。息子は最後にもう一度、自分の部屋から半《なか》ば這い出す。

ロミー・フォークトレンダーが彼を引きずり戻す）

13

その翌朝。フランクとクラウディアが玄関にいる。壁にはアンディの描いたしるしがある。

フランク　君も歳をとったな。

（間）

老けて見えるよ。

（間）

クラウディア　あなただって。

フランク　老けたしボロボロになったたし。

クラウディア　（小声で）　あなたと同じよ。

（短い間）

でもあなたとちがって、あたしはまだ卑怯にはなってないわ。

フランク　君は年をとって、ボロボロで、おまけにブサイクだ。

（短い間）

（彼はひとつの段ボールに何かしている）

もうなにも残っちゃいない。

（短い間）

クラウディア　そんなこと――

（短い間）

人に言う言葉じゃないわ――あなたが今、言ったことよ――特に結婚して一九年も経ってから言うことじゃない。

（短い間）

そんなこと言うもんじゃないわ。

あなたの息子を大きくしてあげた後じゃないの。あり得ないわ――あたし達みたいに――

生涯添い遂げようと思ってる仲でよ――

（短い間）

そんなこと言うもんじゃないわよ。

14

同じ朝、その二、三分前。玄関ホールにいるフランクの許に、クラウディアが登場してくる。

フランク　ぐっすり眠れた？
クラウディア　おかしな夢を見たわ。夜中、あたし悪い夢にうなされてたの。
（彼女は息子の部屋のドアを開ける）
フランク　彼女、出て行ったようだな。だれもいない。
クラウディア　アンディはどこ？
フランク　アンディ？　ここにはいない――部屋はからだ。
クラウディア　あの子どこに行ったの？

フランク　さあね——きっとティーナの家さ。
クラウディア　それはないと思う——父親があの子のこと嫌ってるそうだから。
フランク　じゃあどっかに泊まったんだろう。
（間）
クラウディア　がっかりね。
フランク　はあ？
クラウディア　がっかりねって、言ったのよ。
フランク　どういうことだい——
クラウディア　彼女がいなくなって——あなたきっとがっかりだなって思ってんでしょ。
フランク　どうしてそんなこと言うんだ？
クラウディア　だってそうなんでしょ——
フランク　なに言ってんだよ——
クラウディア　実際がっかりじゃない、彼女はもういなくなっちゃったのよ。
フランク　なんでそうなる——ぼくががっかりしてるって、どうしてそんなふうに考えるんだ——
クラウディア　だってあなたは、もっと彼女とお話したかったでしょうに。
フランク　お話？
クラウディア　ええ——
フランク　何の話を？

クラウディア　何の話よ？
フランク　だから、何の話さ？　ぼくが彼女とどんな話をしたがってたと思うんだい――
クラウディア　さあね――あたしよりあなたの方がよくご存知のはずよ――
フランク　なにを言いたいのかさっぱり分からない。
（短い間）
ぼくが彼女と本当に話したかったら、彼女を家に入れることだってできたはずだろ。昨日のうちにさ。追い出したりなんかしないで。
クラウディア　あら、そうね――
フランク　そうさ――
クラウディア　でも、あなたは追い出さなかった。
（短い間）
玄関のドアを閉めたのはあたしで、あなたじゃないわ。
（短い間）
あなたは彼女をベッドまで運んであげた。あなたが彼女の頭に包帯を巻いてあげた。
フランク　じゃあどうすればよかったんだ――
クラウディア　なにもしなければよかったのよ――
フランク　なにもしなければばって――
クラウディア　でもあなたはその代わりに、あの人の部屋へ何度も通っていたわね。そして彼女の具合をよく見て差しあげてたじゃない――意識すらなかったっていうのに！

フランク　意識がなかったからだろ。重症だったんだ。もう目を覚まさないいんじゃないかって心配だったんだ。

クラウディア　そんな心配――ほらご覧なさい――ぜんぜん根も葉もないものだわ。そんなもん、ただの口実よ。女の顔をじっと見ていたい口実じゃないの。

（間）

それが昨夜《ゆうべ》、この家で起きたことなのよ。

フランク　君も歳をとったな。

（間）

老けて見えるよ。

（間）

クラウディア　あなただって。

フランク　老けたしボロボロになったし。

クラウディア　（小声で）　あなたと同じよ。

（短い間）

でもあなたとちがって、あたしはまだ卑怯にはなってないわ。

フランク　君は年をとって、ボロボロで、おまけにブサイクだ。

（短い間）

（彼はひとつの段ボールに何かしている）

もうなにも残っちゃいない。

（短い間）

クラウディア　そんなこと――

（短い間）

人に言う言葉じゃないわ――あなたが今、言ったことよ――特に結婚して一九年も経ってから言うことじゃない。

（短い間）

そんなこと言うもんじゃないわ。

あなたの息子を大きくしてあげた後じゃないの。あり得ないわ――あたし達みたいに――

生涯添い遂げようと思ってる仲でよ――

（短い間）

そんなこと言うもんじゃないわよ。

（ロミー・フォークトレンダー登場。彼女は開いたままの玄関ドアを通って入ってくる）

ロミーV.　ここのドアは完全に壊れてるわね――鍵がほとんど取れかかってる。どうしてこうなったの？　なにが起きたの？

（短い間）

こうなると修理もできないわね。

（沈黙）

わたし、戻ってきちゃった。こんにちは。

（沈黙）

クラウディア　あたしはこれから家を出て行くから。二〇分後に――

（彼女は時計を見る）

――二〇分後に戻ってくるわ。もしそのときにまだこの人がいたら、あたしは永久に出て行きます。もしこの人が二〇分経ってもまだいたら、あたし達ふたりの関係はすべて終わりよ。

（クラウディアは出てゆく。彼女は玄関口のドアをがちゃんと閉めるが、当然のことながらドアは再び開いてしまう）

15・1

およそ二五分後。

クラウディアが家に入ってくる。玄関にはだれもいない。シャワーを浴びる音が聞こえる。彼女は止まって、耳を澄ます。各部屋のドアを開けて、だれかいないか探す。だれもいない。彼女は戻ってくる、浴室のドアの前で立ち止まり、再び耳を澄ます。

クラウディア　とにかく――

（短い間）

とにかく、彼女は出てったようね！

（短い間。彼女は喜ぶ）

あやうくあなたが信じられなくなるところだったわ。

もうちょっとで。

（彼女は、扉が開いたままの玄関ドアに向かい、ドアを再度、閉めようとする。彼女はだんだんと乱暴になって、ついには扉が閉まった状態となるように、ドアを蹴飛ばす）

さあ、直してやった。

（小声で）　あのくされマンコ。

（浴室のドアに立って）　中に入ってもいい？

（ドアには鍵がかかっている）

もう少しであなたが信じられなくなるところだったわ。

（短い間）

シャワー浴びてるんでしょ？

（少し調子に乗って）　一九年も続いた結婚生活だもの。そう簡単に壊せるもんですか――浮気なんてうまくいくわけないわ――たったひと夏の恋なんかより、しっかりつながっているものね。

（短い間）

ねえ、いま出てったのティーナじゃなかった？　だれか見たような気がしたんだけど――

（彼女は包装した小さなプレゼントを見つける。シャワー室に向かって話しかける――）

これはなんなの？　ティーナのプレゼント？　なんていい子なんでしょ。彼女ったら本当にやさしい子だわ――うっとりしちゃう。ねえ、なにが入っているか分かる？

（短い間）

それでアンディは？　いないの？　どこに行ったんだろう？　あの子ったら、例の段ボール一個しか持っていかない気かしら？

（今にも彼女はその段ボール箱を開け、中になにが入っているか調べようとする。しかし、すぐに中断してしまう。彼女はプレゼントの方を手に取って、自分の部屋へと向かう。部屋に行く途中、彼女はプレゼントの包装紙を破りとる。自室のドアをくぐるとき、彼女はすこし訝《いぶか》しげに立ち止まる）

15・2

およそ二五分前。玄関ドアはがちゃんと閉まるが、再びぱっと開いてしまう。クラウディアは家から出て行ってしまった。フランクとロミー・フォークトレンダーの二人が後に残されている。

短い間。

フランク　さあ、なにをするんだ？
（短い間）
ロミーV.　彼女が戻るのを、待っていればいいんじゃないの。
フランク　そうすれば、ついに二人きりになれるんだから。
なにを考えてんだ！
ロミーV.　お望みなら――彼女が戻る前に、わたし達が出て行ったっていいのよ――
（短い間）
そうしましょうか――ねっ、行きましょう――
（彼女はドアへ向かう。彼は立ち尽くしている）
フランク　ダメだ――
ロミーV.　ダメって、どういうことよ――
（短い間）
フランク　彼女が戻ってきたとき、ぼくは君にはこの家にいてほしくない。
（短い間）
ロミーV.　わたしに出て行ってほしいの？
フランク　そうだ。
（短い間）

出て行ってほしい。今すぐ出て行ってくれるとありがたい。

（短い間）

ロミーV.　わたし、彼女にプレゼントを持ってきたのに――

フランク　だれにだって――

ロミーV.　あなたの奥さんによ――

フランク　あいつは開けやしないさ。

ロミーV.　どうかしら――

フランク　それじゃあ――

（短い間）

そのプレゼントを持って、出て行ってくれないか――

ロミーV.　そんな言葉、信じられない。

フランク　なんだって？

ロミーV.　わたしに出て行ってほしいとか、自分はここに残るつもりだとか、そんな言葉は信じられないって言ってるの。

（短い間）

わたしを追い出すなんて、あなたにできるわけがない。あなたがわたしを部屋へ運んでくれたんだし。頭に包帯を巻いてくれたのだってあなたなんだし。

フランク　確かに昨日の夜はそうだった――君は怪我をしていたし、手助けが必要だったからな。

（短い間）
でもいまは違う――君はすっかり良くなってる。
（短い間）
なのに突然、君はまた戻ってきた。なぜだ？　一体なにを考えてる？

ロミー V.　わたしはただあなたと一緒にいたいだけ、ほかに理由なんてないわ――

フランク　だけど君にだって今の状況くらい分かるだろ。

ロミー V.　ええ、よく分かってるわ。

フランク　だったら――
（短い間）

ロミー V.　あなたがわたしを愛しているってこと。

フランク　どうしてそう思う？

ロミー V.　だってそうなんだもの。
それにあなたの奥さんはたった今ここを出て行った。ようやくわたし達を二人だけにしてくれたのよ。二〇分後にはまた戻ってくるけど。でもそのときにあの女《ひと》は、永久に消え去ってしまう。
（短い間）
そうなるのよ。

フランク　ならない。

ロミーV.　なぜ――
フランク　だってぼくらは一九年も一緒だったんだぜ。

15・3

その二、三分後。


フランク　よし分かった――一緒に行こう。

(彼は自分のジャケットを探す)

行くぞ。ああ君の言うとおりさ。

(短い間)

どうせ時間はたくさんあるわけじゃなし――もう老い先短いんだからな。

ロミーV.　あの女《ひと》は――

フランク　あいつなら出て行った――もう終わりだって、じきに気付くだろう。簡単な話さ。

(短い間)

ロミーV.　息子さんはどうする気――

あの女を捨てるだけじゃあ十分とは言えないわ。息子さんも捨てなきゃダメよ。

15・4

その二、三分前。

フランク　どうしてそう思う？
ロミーV.　だってそうなんだもの。
それにあなたの奥さんはたった今ここを出て行った。ようやくわたし達を二人だけにしてくれたのよ。二〇分後にはまた戻ってくるけど。でもそのときにあの女《ひと》は、永久に消え去ってしまう。
（短い間）
そうなるのよ。
フランク　ならない。
ロミーV.　なぜ――
フランク　だってぼくらは一九年も一緒だったんだぜ。
ロミーV.　一九年の結婚生活なんて――どこにその痕跡があるの。
フランク　一九年の生活はこの瞬間、一個のコンテナを満たして余りあるんだ！
（短い間）
コンテナ一個で段ボール七〇箱だ！

ロミーV.　で、そのコンテナはどこにあるの？

フランク　行っちまったよ！　残りは後から追いかける――

ロミーV.　ほらね、もうないんでしょ――

（短い間）

ねえ、分かるかしら？　あなたのいない間、わたしどんな気持ちだったか？　この二四年間ずっとよ？　一体なにがあったか分かる？　いろんな男たちがやって来た――ひとりじゃなくてたくさん、次々に。どんな職業か考えてごらんなさい、大学の助手、医者、弁護士、芸術家、その話をあなたにしてあげましょうか？　住んでる所？　自家用車？　休暇旅行がいいかしら？　それとも別れ話を教えましょうか？　この二四年間、わたしがどんな気持ちで過ごしてきたか、あなたに分かる？　わたしがひとりだったことはめったにない、でもわたしはずっと待っていたの――

だって、そのうちの誰一人として昔のあなたみたいな人はいなかったから。誰もが決まりきった未来から踏み出そうとはしなかった――そこには何もなかった。自由もなかったし、虚《むな》しかったの。毎年毎年、あるのは計画ばかり。プログラムだの、構想だのばかりだった。だからお願い――あなたまでそんな連中と同じだなんて、わたしに言わないでちょうだい。

（短い間）

フランク　よし分かった――一緒に行こう。

（彼は自分のジャケットを探す）

行くぞ。 ああ君の言うとおりさ。

（短い間）

ロミーV.　どうせ時間はたくさんあるわけじゃなし――もう老い先短いんだからな。

フランク　あの女《ひと》は――

（短い間）

ロミーV.　あいつなら出て行った――もう終わりだって、じきに気付くだろう。簡単な話さ。

フランク　息子さんはどうする気――

（短い間。彼は同意しない）

あの女を捨てるだけじゃあ十分とは言えないわ。息子さんも捨てなきゃダメよ。

フランク　どうして自分の息子を捨てなくちゃならない？

（彼女は肩をすくめる）

いいかい、たとえぼくがこの家を出て行ったって、息子はずっと息子のままだ。あいつはずっと存在してって――ちょうど二四年の過去がこの先も存在するのと同じさ――君がいなかった時間は消せないんだよ。

ロミーV.　そうでなきゃイヤなの。そう言ってほしいのよ――

（短い間）

――でないとわたし達、幸せになんかなれないわ――

フランク　はあ？　なにを言ってほしいって？　君はぼくと出て行きたいんだろ。ああ、ぼくはそうするつもりさ。なのにまだほかになにがあるんだ？
ロミーV.　はっきり言ってくれなくちゃダメ――
（短い間）
――あなたにこう宣言してほしいの、君がいなかった時間は存在しなかったって。
フランク　バカな。
ロミーV.　バカですって？
（短い間）
じゃあ、わたし行くわ――
（彼女はドアへ向かう）
フランク　妻と息子は存在した、みんなで暮らしてたんだ、ここでさ――一体なにを言わせたいんだ
――
ロミーV.　それならせめて、なければ良かったって言って。妻も、結婚も、息子も、全部なければ良かったって。
フランク　それは無理だ。
ロミーV.　そうでなきゃいけないの。
フランク　どうして――
ロミーV.　それ以外にあり得ないのよ。
（間。なんの進展もない。彼女はドアの方に向きを変え、ドアノブに手をかけ、出てゆく――）

フランク　分かった！　そうかもしれない――
たしかにそうかもしれないな――
（彼女は戻ってくる）
ロミーV.　えっ――
フランク　良かったかもしれないなって――
ロミーV.　なにが――
フランク　妻も息子も持たなかった方が良かったのかもしれない。
そうだな、うん、たしかにそうかもしれない――戻ってきてくれ――
（彼女は戻ってきて、彼にキスをする。彼らは長い間キスし合う）
ロミーV.　それじゃ歌って――
あの歌を。
（間）
フランク　無理だよ――
（短い間）
（笑って）　歌詞だけじゃなく、曲のほうまで忘れちまった――
ロミーV.　あの歌を忘れてしまったの？
フランク　いや――ただ――どんな感じだったか、もう覚えてないだけさ――
ロミーV.　（レノン／マッカートニー作詞作曲の『アイ・ウィル』を歌う）

Who knows how long I've loved you
You know I love you still
Will I wait a lonely lifetime
If you want me to — I will.

For if I ever saw you
I didn't catch your name
But it never really mattered
I will always feel the same.

Love you forever and forever
Love you with all my heart
Love you whenever we're together
Love you when we're apart.

And when at last I find you
Your song will fill the air

Sing it loud so I can hear you
Make it easy to be near you
For the things you do endear you to me
You know I will
I will.

（ぼくが君をどんなに長く愛してきたか誰も知らない
君は今でもぼくが君を愛してるって知ってる
さみしい人生を送りながら待つつもりかって——
君が望むなら、そうするさ。

君に会っても
名前は聞けなかった
でもそんなこと全然問題じゃない
だってぼくの気持ちいつも同じさ。

君をいつまでもいつまでも愛し続ける
心のそこから君を愛してる

君を愛してる、一緒のときも
君を愛してる、離ればなれでもさ。

そしてようやく君に会えたなら
君の歌が空を満たすだろう。
ぼくにも聞こえるように大声で歌ってくれ
君のそばにいてもいいね
君のすることすべてがぼくには愛しくて仕方ない
分かるだろ、ぼくがそうするって
そうするのさ。)

思い出した?

フランク　ああ——
ロミーV.　あなたが今も覚えているものはなに?
フランク　なにもかも——
ロミーV.　だからなあに——
フランク　君のこと——ぼく達のこと——

ロミーV.　ほかには――

フランク　君の部屋。学校。君の両親のこと。

ロミーV.　あの公園はなんて言ったかしら――ほら、あの公園、まだ覚えてる？

（短い間）

フランク　公園か――分からないな――名前なんてあったっけ？

ロミーV.　でも、あの公園で迎えた夜明け、まだ覚えてる――

（短い間）

フランク　太陽はまだ東の空の低い位置にあった、丘の後ろ、だんだんと明るくなって、そして鳥たちが鬱蒼とした木々の中でしだいに歌い始めたんだ。ぼくらの背後は森だった。森でできた壁。他にはだれもいなかった。ぼく達だけ。一睡もせずに、愛し合った。ぼくらは夏のあいだ、よくそこに行ってたね。寒くなることはなかった。

ロミーV.　わたしが言ってるのは、あなたにプレゼント(6)を贈った、あの夜明けのことよ――

フランク　プレゼント――

（彼女がなにを言っているのか、彼には分からない）

ロミーV.　ほら、プレゼントよ――覚えてないの？

フランク　いや――

（短い間）

ロミーV.　分からないんでしょ。何の話をしてるか、分からないのね。

（短い間）
プレゼント、覚えてないのね。

フランク　（短い間）
プレゼントって——どんな——もうずいぶん昔の話じゃないか！

（短い間）
ぼくには過ぎ去った年月を急に跳び越えることなんてできない。

ロミーV.　（短い間）
じゃあ、わたしと一緒には来ないってことね。

（短い間）
わたしと一緒に来るって、さっき言ったじゃないの。

（短い間）
なのにどうしてできないのよ。

（短い間）
思い出すことさえできないなんて！

フランク　いやあ——なんて言えばいいのかな——君がなにをプレゼントしてくれたか、覚えてないんだ。

ロミーV.　だったらわたし、この家からひとりで出て行くわ、そしてあなたは何もかも失って、ここでひとりぼっちになるのよ。

（ロミー・フォークトレンダーは家を出て行く）

16

男はひとり、玄関ホールにいる。身じろぎひとつしない。それから彼は、着ていたシャツのボタンを外し、浴室へ行こうとする。

だれかが、どっちみち半開きにすぎない玄関口のドアをノックする音が聞こえる。

応答なし。新たにドアをノックする音が聞こえる。応答なし。


ティーナ　ごめんください？

（返事がない。フランクが麻痺したように玄関ホールに立っている）

こんにちは？

（間）


フランク　ドアなら開いてる。

（ティーナは物怖じしてためらいがちに家の中に入ってくる。ティーナとフランクは向かい合って立つ）

ティーナか――

（短い間）

（ティーナは、彼のほかにだれも家の中にいない様子を、訝しげに思う）

ティーナ　アンディと話がしたいんだけど。

フランク　アンディと？

（短い間）

あいつならいない。

ティーナ　彼が――家にいない？

フランク　いない――帰ってきてないんだ――てっきり、君と一緒にいるとばかり思ってたけど？

ティーナ　いいえ、一緒じゃないわ――

（短い間）

ここにいるはずなのに――

フランク　いや、いま言ったように、あいつは家に帰ってきてない――

ティーナ　ここにいるはず――ここにしかいないはずよ――

フランク　どうしてだい――

ティーナ　だってわたし、彼がこの家に入って行くのを見たから――

フランク　何時ごろ？

ティーナ　昨日の夜――

フランク　昨日の夜はあいつは帰ってこなかった――

ティーナ　そんなはずないわ、彼は帰ってた――この目で見たんだもの――それにほら、その証拠に。

（短い間）

あそこに彼の書いたしるしがあるでしょ！　彼は帰ってるはずだわ。

フランク　なるほどね――
（短い間）
じゃあ多分ちょっと帰ってきて――それからまた出て行ったんだな。
ティーナ　そんなはずない。
フランク　どうして？
ティーナ　だってわたしは外で、家の前でずっと彼を待ってたんだから。
フランク　いつから？
ティーナ　昨日の夜から、三時半頃だったかな。
（彼は不審そうに彼女の顔をまじまじと見つめる）
フランク　夜の三時半からずっと？
ティーナ　ええ――彼が家の中に入ってからずっと。
フランク　君は夜の三時半から今までずっと、家の前であいつを待ってたって？
ティーナ　（涙ながらに）　ええ、そうよ――でも彼は、二度と戻ってきてくれなかった。
（間）
フランク　部屋は空っぽだ。申し訳ないが、あいつは本当にいないんだ。
（ティーナは空っぽの部屋を見に行く）
ティーナ　（泣きながら外に駆け出してゆく）　彼は絶対、この家にいるはずよ。
（フランクは再び玄関ホールに立ち尽くす。それから彼は、脱色剤を入れたミニバケツに置かれたローラーを手にとるが、よくよく考えて、洗剤をかけてしるしを消さないことにする。彼はローラーをわきに置き、着ていたシャツを脱ぐ。彼は浴室へ行き、入った後にドアの鍵を閉める）

17

クラウディアが家に入ってくる。玄関にはだれもいない。シャワーを浴びる音が聞こえる。彼女は止まって、耳を澄ます。各部屋のドアを開けて、だれかいないか探す。だれもいない。彼女は戻ってくる、浴室のドアの前で立ち止まり、再び耳を澄ます。


クラウディア　とにかく——

（短い間）

とにかく、彼女は出てったようね！

（短い間。彼女は喜ぶ）

あやうくあなたが信じられなくなるところだったわ。

もうちょっとで。

（彼女は、扉が開いたままの玄関ドアに向かい、ドアを再度、閉めようとする。彼女はだんだんと乱暴になって、ついには扉が閉まった状態となるように、ドアを蹴飛ばす）

さあ、直してやった。

（小声で）　あのくされマンコ。

（浴室のドアに立って）　中に入ってもいい？

（ドアには鍵がかかっている）

もう少しであなたが信じられなくなるところだったわ。

（短い間）

シャワー浴びてるんでしょ？

（少し調子に乗って）　一九年も続いた結婚生活だもの。そう簡単に壊せるもんですか――浮気なんてうまくいくわけないわ――たったひと夏の恋なんかより、しっかりつながっているものね。

（短い間）

ねえ、いま出てったのティーナじゃなかった？　だれか見たような気がしたんだけど――

（彼女はプレゼントを見つける。シャワー室に向かって話しかける）　これはなんなの？　ティーナのプレゼント？　なんていい子なんでしょ。彼女ったら本当にやさしい子だわ――うっとりしちゃう。ねえ、なにが入っているか分かる？

（短い間）

それでアンディは？　いないの？　どこに行ったんだろう？　あの子ったら、例の段ボール一個しか持っていかない気かしら？

（今にも彼女はその段ボール箱を開け、中になにが入っているか調べようとする。しかし、すぐに中断してしまう。

彼女はプレゼントの方を手に取って、自分の部屋へと向かう。部屋に行く途中、彼女はプレゼントの包装紙を破りとる。自室のドアをくぐるとき、彼女はすこし訝《いぶか》しげに立ち止まって、プレゼントをじっくりと眺める――一見すると、上にエッフェル塔の絵が描いてあるポリ袋にしか見えない――彼女は浴室の方を振り向き、自分の部屋に入ってゆく。彼女がいなくなった直後、耳をつんざくような悲鳴が聞こえる)

18

ティーナ　わたしには離れられない――あそこから離れるなんて、そんなことできない。

（短い間）

わたしにはアンディがいるはずなのにいない場所を立ち去るなんてできない。彼はどこへ行ってしまったの？　絶対あそこにいるはずなのに、いないんだ。わたしは心配で家の前とここを行ったり来たりしてる。わたしは、わたし達がずっと待ち合わせに使っていた土手の上で待つ。そういえばあそこから――

（短い間）

――あそこからわたし達、石を投げたんだ。わたしはそこにひとりで座り、それからさらに石を投げてみる、何を狙うでもなしに。だって誰もやって来ないし、誰も出て行かないから。一度だけアンディのお母さんが来て、家の中へ入って行く。それからまたわたしは歩き回る、家の前とここを往復したり、行ったり来たりして、最後には彼の家の周りをぐるぐると歩き続けている。家の裏に回ると、そこからアンディの両親の寝室が見える。そこは壁一面、ユニット戸棚になっていて、大きなベッドが置いてある。そこへ突然、アンディのお母さんのクラウディアが、よろめきながら部屋の中へ入ってくる。訝しそうに、あるいは混乱すらした様子で、両手にポリ袋を持っている。わたしは前にどこかでそのポリ袋を見たような気がする。

（短い間）

まだ彼女はドアのところに立っている。ためらった様子で、なかなか決心がつかないように見える。それから彼女はようやく部屋に入る。しっかりとポリ袋を抱えているけど、彼女にはそれがなんだか分からない様子。彼女はポリ袋のなかに手を突っ込む。袋は、外から見ると空っぽのように見える。そしてその瞬間――彼女がポリ袋の中に手を入れた瞬間、少なくとも窓越しに見るかぎり、彼女の指、手、腕は突然、炎に包まれたように見える。彼女の体全体が寝室の中で燃え上がる、彼女は燃える、全身に火が回る、恐ろしいほど急速に彼女は焼ける――もはや叫ぶことすらできないように見える。閉ざされたこの窓越しでは何も聞こえない。でも彼女の口は開いている、苦痛に満ちて大きく開かれている。彼女は叫んでいる、いや彼女は叫んでいない――わたしが叫んでいる、わたしが叫んでいる、思いっきり、でもだれもわたしの悲鳴を聞いてはくれない――それからアンディの父親がドアに現れる。彼は妻を見る、溶けたポリ袋の残りかすを手に燃えている妻を。彼は立ちすくむ――動けずに。それから彼は再びドアから姿を消す。わたしは駆け出す。引越し用トラックが道路を下って、家の前で停まる。アンディはどこ――

19

その少し前。

フランクがシャワーを浴びて出てくる、腰の周りにはタオルを巻いていて、それ以外には彼は裸で、少し濡れている。

彼は玄関ホールへ入ってゆくと、ミニカーを踏んづけて、激しく転倒する。ミニカーは、彼の足元からすっ飛んでいく。フランクは起き上がると、苦痛に満ちた表情で小さなプラスチック製のインディアン人形を踏みつける。信じられないといった面持ちでフランクはインディアン人形を拾い上げる。それから彼は視線を床の上に落とす。次第に彼は、あたりに散らばっている数個の小さな玩具類のパーツに気が付く。多くの部品はアンディの段ボール箱の後ろに転がっている。彼は目に付いたおもちゃ類をすべて拾い集めると、陽の当たるところでアンディの箱の中に収めようとする。フランクが段ボール箱を開ける（と同時に中に息子の死体が入っているのを見つける）。驚愕のあまり声を出すこともできない。彼は拾い集めた玩具類をすべて床の上に落としてしまう。彼は寝室にいる妻の許へ行こうとして、ショックのあまり床に落としてしまったおもちゃ類のひとつであるミニカーを踏んづけて、再び転倒する。

彼は起き上がると、再び転倒してしまう。そうこうするうちに彼は、たぶん十字靭帯を切ってしまったか、あるいは似たような損傷を負ってしまう。

彼は足を引きずって、寝室まで這ってゆく。そしてドアを開けると、一瞬身じろぎもせずにドアで硬直して立つ——彼は全焼する妻の姿を茫然自失の様子で眺める——一体どこへ行けばいい？

驚愕して彼は、玄関口のドアまで行こうと考える。歩きながら、びっこを引きながら、転がり落ちながら、這って行きながら、どうにか玄関ドアまで到達する。彼はドアノブを押す。ドアは開かない。彼にはどうしてドアが開かないのか理解できない。彼は新たにドアノブに手をかける。

玄関ドアは楔《くさび》をかませて固定されているので、開かなくなっている。玄関のチャイムが鳴る。彼はもう起き上がることもできない。両膝は完全にイカれている。再び玄関のチャイムが鳴る。彼はドアを開けることができない、そして彼はインターホンに出ることもできない。

終わり

（1）「穴あき石」と訳した箇所の原語は「鶏の神様（Hühnergötter）」である。これは自然に生成してできた、内部にずっと続いている穴を持った石のことである。たいていは石灰石を含んだ燧石の塊で、化石となった古代海百合の茎の部分の遺物と考えられている。バルト海沿岸や内陸部の氷河時代の漂礫の中から発見され、休暇で海岸を訪れた人びとに、幸運を招くお守りとして、人気のあるおみやげ品となっている。「鶏の神様」という名前の由来は、この石が邪悪な霊から家禽を守るお守りと考えられてきたためで、古いスラヴの民間信仰に由来するという。

（2）「ミニカー」と訳した箇所の原語は「マッチ箱の車（Matchboxautos）」である。「マッチボックス」とは、もともと一九五二年からイギリスのレズニー社で生産された自動車や飛行機のおもちゃに付けられた登録商標であった。この会社自体は一九八二年に倒産しているが、現在でもミニカーのことを広く「マッチ箱の車」と呼ぶようである。ちなみにシンメルプフェニヒの作品には、こういった現代社会を暗示させる小道具がさりげなく随所に登場している。

（3）この作品は、二〇〇三年に全米公開されたアンジェリーナ・ジョリー主演の映画『トゥームレイダー2』である。「トゥームレイダー」シリーズは、もともと日本のゲームソフト会社が開発した謎解き型アクション・ゲームだったが、女性冒険家の主人公ララ・クロフトはイギリスのファッション誌の表紙を飾ったり、ロック・グループU2のメンバーがファンを自認したりするなど、世界的に有名なゲーム・キャラクターとなった。ちなみに、シンメルプフェニヒが在籍したこともある新生ベルリン・シャウビューネでは、演出家トーマス・オスターマイアーがイプセン『人形の家』の現代版『ノラ』（二〇〇三）を演出した際、仮装パーティーの場面でこのララ・クロフトの格好をノラ役の主演女優アンネ・ティスマーにさせている。

（4）この曲は、一九六八年一一月に発売されたビートルズの二枚組アルバム、通称「ホワイト・アルバム」に収録されたラヴ・バラード『アイ・ウィル（I will）』である。美しいメロディラインを持った原曲では、ポール・マッカートニーがギターを弾きながらひとりで歌っている。この戯曲では、ロミー・フォークトレンダーが孤独な心象風景をこの曲に託して歌うことで効果をあげている。

（5）このセリフは、フランクがクラウディアの前では一度も歌ったことのないロミーとの想い出の歌『アイ・ウィル』を、むかし彼女を思い出しながらどこかで歌っているのを幼少期のアンディが聞いて心に留めていた可能性を示唆する。

（6）ロミーの処女を暗示しているのか？

解説

シンメルプフェニヒの「語りの演劇」について

「演劇で本当に怖いのは、そこに内在しているはかなさである。」――シンメルプフェニヒ

ローラント・シンメルプフェニヒの名は、日本の演劇人の間でも知られ始めている。彼は現在、ドイツ語圏でもっとも頻繁に上演される人気劇作家であり、その三〇本以上にも及ぶ劇作品は全世界四〇ヶ国以上で上演され、広く人気を勝ち得ている。

シンメルプフェニヒは一九六七年、旧西ドイツ・ゲッティンゲンに生まれた。ジャーナリストとしてトルコのイスタンブールに滞在した後、ミュンヘンのオットー・ファルケンベルク演劇学校で演出を学び、同地の劇場カンマーシュピーレにて演出家ディーター・ドルンの演出助手／共同制作者として実践的な演劇活動をスタートさせる。一九九六年からフリーの劇作家になり、ドイツ・ロマン主義の不可思議な感覚や映像メディアの手法を持ち込んだ斬新な演劇テクストをほぼ毎年のように発表、現代ドイツ演劇界ではもっとも力ある劇作家の一人と目されている。一九九八年に一年間、アメリカ合衆国で翻訳活動に従事、一九九九年から二年間、ベルリン・シャウビューネ劇場に在籍、ドラマトゥルクを担当した。二〇〇〇年からハンブルク、シュトゥットガルト、ハノーファー、ウィーン、チュー

リヒ、ベルリンなどドイツ語圏の主要な劇場から執筆依頼を受けるようになり、その多作にして多彩な作風から若手演劇人を牽引する精力的な活動ぶりを示している。

今まで書かれた戯曲に『永遠のマリア』(一九九六)、『春物の服を着た若い女性に仕事はない』(一九九六)、『五月の長い時を前に』(二〇〇〇)、『アラビアの夜』(二〇〇一)、『プッシュ・アップ1－3』(二〇〇一)、『前と後』(二〇〇二)、『昔の女』(二〇〇四)、『グライフスヴァルト通りにて』(二〇〇六)、『動物の三部作』(二〇〇七)、『今ここで』(二〇〇八)、『イドメネウス』(二〇〇八)、『金龍飯店』(二〇〇九)、『ペギー・ピキットは神の顔を見る』(二〇一〇)などがある。これまでにシラー記念賞、エルゼ・ラスカー＝シューラー奨励賞、ネストロイ演劇賞などを受賞している。

彼の作風に関して言えば、シンメルプフェニヒはこれまでシャイで寡黙な劇作家と考えられ、メディアに登場することは少なかったが、評価を確立したここ数年になって、対談やテクストなどで自らの考える演劇美学を詳《つまび》らかにし始め、その核心を「語りの演劇(Narratives Theater)」として提唱している。しかも二〇〇九年九月五日にウィーン・アカデミー劇場で初演された作品『金龍飯店』では、作者自ら演出も担当し、自ら唱える「語りの演劇」を実践した。これにより、毎年その年のベスト演出一〇作品のみが選出されるベルリン演劇祭に招待されるなど演出家としても注目を浴び、二〇一〇年度のミュールハイム市劇作家賞をも受賞、改めてその評価を決定づけている。

ここでは、シンメルプフェニヒの登場に至るまでの現代ドイツ戯曲の傾向を概観した上で、彼の考える「語りの演劇」について紹介する。そして、そのモデル上演と考えられる『金龍飯店』の劇作と演出との相関関係を検討することで、この劇作家が掲げる新しい演劇美学を理解する一助としたい。

1　ポストモダンの作劇法

ドイツ再統一を経て、演劇文化における二〇〇〇年前後の〈世代交代の波〉から、新しい演劇人が多数登場してきた。しかしその際、演出上の観点から新世代の演劇美学が語られることは多いものの、テクスト構造の変容と新しい戯曲形式については、まだ十分な検証が行われていないのが現状である。ドイツの演劇誌「テアーター・ホイテ」でも、フランクフルト大学教授で国際ブレヒト協会会長を務めるハンス＝ティース・レーマンの著書『ポストドラマ演劇』（一九九九）の最近十年に及ぶ圧倒的な影響を踏まえた上で、二〇〇八年一〇月号では「ポストドラマ以後はどうなる？」と題して特集が組まれ、改めてその是非が議論された[1]。日本でも二〇一一年一一月に東京ドイツ文化センターでレーマンの講演会が催されている[2]。現在のポストドラマ的状況下における作劇法とは何か？

「テアーター・ホイテ」の特集では、ベルリンのエルンスト・ブッシュ演劇大学教授ベルント・シュテーゲマンの論考が目を引く。彼は、現代メディア社会では人類の知覚条件や演劇の表現手段に明らかな変容が見られるので、「ポストドラマ演劇」の演出上の革新性は追認しながらも、観客に社会状況について的確に認識させる手法として古来ドラマ的構造が担ってきた歴史的意義を強調する。シュテーゲマンに拠れば、確かに二項対立を先鋭化させるドラマ的状況は複雑化した現代社会ではもはや生じ得ないのかもしれないが、今なお人間の認識の枠組みやストーリーテリングの根にはドラマ的構造が存続しているので、一面的に演劇性ばかりを強調する現在の演劇研究に対しては批判的で、改めて文学性やドラマ的構造の可能性をも再検討すべきだという。

確かに、同時代の社会性を盛り込む器として歴史的にドラマ形式が担ってきた意味合いを過小評価すべきではない。しかしながら同時に、新しい作劇法の参照項はもはや「文学テクスト」ではなく、「映像メディア」の表現様式かもしれない、との思いもある。遅くとも一九八〇年代以降の新しい戯曲形式は、メディア時代の知覚様式に合わせて直線的な筋書きを解体し、複数の主体による内的独白／対話／朗唱をパズルの破片のように組み合わせて断片的・点描的にストーリーを叙述したり、俳優と役柄との分離を前提にして、本来の筋書きとは関係のないメタ次元のセリフを突如、作中人物が口にすることでパフォーマティヴな意味生成を指示したりするなど、「ポストモダニズム」の美学からの影響が顕著である。

ドイツ語圏では、その刺激的なエッセイや講演会などによって著名な存在であったメディア史家ヴィレム・フルッサーは、人類の文化史に二つの根本的な分岐点を認める。それまで人類と環境を媒介する魔術的な「画像」の文化によって規定された人類は、紀元前二〇〇〇年頃に線形文字を発明し、線的な「テクスト」によって歴史意識を有するようになり、概念的な思考の世界を成立させたのだといい。しかし一九世紀後半以降、「テクノ画像」と呼ばれる新しい技術メディア——すなわち「写真」や「映画」の登場によって、新たなる魔術性を帯びた「平面性」の文化条件を人類は生み出したとされ、その当然の帰結として過去に影響力を持った「文字文化」は衰退に向かい、現在の「ポスト産業社会」においてすべての文化現象は、やがて滑奏的な線形構造から様々な記号の組み合わせによる断奏的構造に置き換えられるのだ、と説明される[3]。

このような意味の統一性から「記号の散乱」への移行は、「ポストモダニズム」と呼ばれる美学上の一大傾向を特徴づけており、明らかな状況の変化が顕在化した一九八〇年代初頭には、アメリカでもハル・フォスター編『反美学――ポストモダンの諸相』（一九八三）などが刊行され、大きな反響を呼んでいる。この論文集に収録され、「ポストモダニズム」の立場には批判的な論調を向けるアメリカのマルクス主義批評家フレドリック・ジェイムソンなどは、歴史的時間秩序の解体や過去の様式からの脱文脈的引用は現在では消費社会のあらゆる文化領域のなかで一様に見られる現象であるとし、その特徴を「パスティシュ」と名付けて厳しく批判してもいる[4]。

すでに「ポストモダニズム」ですら色褪せた概念となってしまっている現在、このような後期資本主義批判の言説は枚挙に暇がないが、とりあえず本解説の枠組みで指摘しておきたいのは、遅くとも一九八〇年代以降のドイツ語圏の劇作家たちが、このようなメディア時代の〈平面性の美学〉を自らの作劇法に取り込みつつ、作品内在的にメディア環境に支配される自分たちの姿をアイロニカルに示し始めていたことである。

例えば、長らく西ドイツを象徴する劇作家と見做されたボートー・シュトラウスは、すでに一九七〇年の段階で「啓蒙の記号学（Semiologie der Aufklärung）」を口にし、複製技術時代の映像メディアの切断的・断片的手法を演劇の作劇法に取り込むことを提唱している[5]。多層的な現代社会では、作家がその外部に立って批判的発言を繰り返してももはや意味をなさないために、実体を喪失して空しく記号ばかりが蔓延《はびこ》るメディア社会の言説を逆手に取って提出することにより、現代人の分裂した意識を直接観客に提示しようとしたのである。さらにシュトラウスは、ドイツ語圏の劇作家としては極めて早い段階から自宅にパソコンを導入しており、その「電子メディア言語」を用いることではじめて可能になるだろう先行テクストからの言い回しのズラシや、セリフの反復、またパズルのような幾何学的配列に基づく新しい作劇法を創始してもいる。メディア社会の記号化された時間／空間感覚が、従来型のテクストの構成原理を変容せしめたわけである。

　またポスト構造主義や記号学の影響からくる「主体から言説布置へ」の視座の大きな転換によって、従来型のドラマ的な二項対立の弁証法的構造は解体されることになった。作品全体の生気を剥奪させて、戯曲（Drama）から完全にモノローグと化した演劇テクスト（Theatertext）に移行したのは、旧東ドイツの劇作家ハイナー・ミュラーであった。彼は「虚無に向けて書く者は句読点を必要としない」（『モムゼンのブロック』）と書き、[6] ト書きとセリフの区別をも廃して、事物の身体性をミニマルな骨組みにまで還元した、極めて強度の高い作品を遺した。こうした作劇法への転回の契機となるのが、フランスの「速度」のメディア理論家ポール・ヴィリリオの著作『戦争と映画』（一九八四）であった。これは、軍事テクノロジーの発達とそれに基づく〈知覚の変容〉を、戦闘機のコックピット内部と映画館の客席との視覚をめぐる共通項などを例に取りながら検証した作品であり、ディスプレー装置に浮かび上がる平面的な画像を通して身体感覚や思考判断を喪失した主体といったテーマが、ミュラーの新しい戯曲『画の描写』（一九八四）への触媒となったのである。

　その他、「ウィーン言語劇」の実験的な系譜に連なるオーストリアの戯曲にも目を転じてみたい。一九六六年に西ドイツ・フランクフルトで開催された国際実験演劇祭「エクスペリメンタ」第一回大会で初演されたペーター・ハントケの処女戯曲『観客罵倒』は、舞台上で四人の俳優たちが言葉のリズムに乗せて芝居を見に来た観客を挑発し、観劇という自明の前提を激しく揺さぶる一連の「言語実験劇」の嚆矢ともなった。またトーマス・ベルンハルトの戯曲は、貴族もしくは裕福なブルジョワ階級出身である「精神的人間」の内面世界をテーマとする。しばしば厭世的で世をすねた孤独な老人が主人公であり、その延々と繰り広げられる執着的なモノローグで作品が構成される。それは、被害妄想にとり憑かれた執拗な一人語りであって、妥協を知らぬ精神的高みから発せられる大袈裟な文体から、しばしば同一のセリフが音楽的なフレーズとなって回帰し、凡庸な現在の祖国オーストリアが繰り返し罵倒されるのである。そしてその有無を言わさぬ文章力から、「グロテスクな笑い」が生み出される。

そして〈世代交代の波〉を迎える一九九〇年代半ばには、旧東西ドイツ及びオーストリアの豊穣な実験的テクストを継承し、あらかじめメディア時代の知覚様式と新しい実践的な舞台演出を意識した「ポストドラマ」のテクスト構造は、すでに顕著になっていた。二〇〇四年にノーベル文学賞を受賞する女性劇作家エルフリーデ・イェリネクは、一九九五年にハイナー・ミュラーが没すると、いわばその脱構築タイプ型の作劇法の後継者として、急速に脚光を浴びるようになった。彼女は「私は演劇など欲しない」と宣言し、登場人物を最初から「言語機械」として捉えて、ドラマ性を排除したフラットな作劇法を完成させている。(7) 彼女の戯曲に登場する一人称の「私」は、概念の真空状態の中で饒舌である。彼女は、様々な文学作品の女性主人公に憑依しながら過激で猥褻なモノローグを駆使し、現代女性の性的抑圧や人間関係の基底にある主従関係を自虐的に暴露する。

彼ら〈六八年世代〉に対して、新しい劇作家たちもまた、ミュラーのようなコンマもピリオドもない詩的言語を駆使している。それは、例えば再統一後のドイツに彗星の如く登場し、絵画のような独特の詩情を湛えた演劇テククトを矢継ぎ早に発表している女性劇作家デーア・ローアーの作品や、高密度な文体で旧東ドイツの青春群像劇を綴る劇作家フリッツ・カーターらの戯曲にも顕著な傾向である。彼らの作品では、ト書きや対話的なセリフや感傷的な内的独白がすべて同一「平面性」上に並列的・多声的に綴られており、あらかじめ新しい舞台表現の可能性を演出家に要請するようなスタイルで書かれている。ローアーの作品は、ギリシア悲劇に連なる暴力と聖性の鮮烈な文学的イメージを今なお描き出しているが、その上で簡潔な詩的リズムをともなっており、もがいても抜け出せない不幸な状況を生きる人びとを静かに見据えようとする作風から、新しい「社会劇」の様相を呈している。演出家としては本名アルミン・ペトラスを名乗り、現在ベルリン・ゴーリキー劇場の芸術監督を務めている劇作家カーターのテクストは、句読点がない上にさらに全文小文字（あるいは部分的には全て大文字）で綴られ、文章は明確な区切れもないままにどこまでも続いてゆく。各場面もまた時間軸が錯綜しており、ときに日常が過去の神話的テクストと二重写しになるなど、もはや通時的には構築されていない。

アルミン・ペトラスのような劇作家兼演出家の存在も、新しい演劇人の特徴として無視できなくなっている。インターネット時代の出会いや別れ、ヴァーチャルな日常感覚を誇張して描きながら、新自由主義及び管理社会を内在的に批判するファルク・リヒターのテクストは、プライベートで空虚なセリフが様々な登場人物の視点から執拗に繰り返される。ルネ・ポレシュなどは、すでに変異系の演劇テクストを用いており、登場人物が口々にものすごい勢いで社会批判の難解な言説をがなりたて、定期的に鬱憤を絶叫するパフォーマンスと一体化した特異な戯曲を生んでいる。これらの系譜の作劇法は、おそらくは戯曲よりも最初から演出に比重が置かれ、明確に「政治性」を投影させていることが、大きな特色になっている。

だが他方では、今なお社会状況を受容者に分かりやすく説明する枠組みとして、歴史的に継承されてきたドラマ的構造に固執する劇作家も少なくない。そこにはウェルメイドな伝統を持つ同時代の英国劇作家からの影響もあろう。しかし彼らの作風は、〈映像メディアの美学〉によって特徴づけられ、単線的な戯曲の展開を様々なミニマルな諸場面に還元したり、時系列を錯綜させたり、新しい現代的な観点からテクストが書かれている。分かりやすく言えば、映画の手法を持ち込んだテクスト処理が施されている。

例えばマリウス・フォン・マイエンブルクは、思春期を迎えた姉弟《きょうだい》二人が両親との葛藤を深め、次第に不気味な放火魔に変貌してゆく戯曲『火の顔』（一九九八）でブレイクした。この作品は、それぞれ映画のセリフのように短い対話を連ねた全九四カットの小場面で構築されており、大人と子供それぞれの立場から交互に各場面を提示することで、両親の殺害・家屋の炎上に至る最終場面まで、次第にエスカレートする劇的緊張を巧みに描ききっている。またヴォルムス市から委託を受けてドイツの英雄叙事詩『ニーベルンゲンの歌』を改作したモーリッツ・リンケは、映画『スター・ウォーズ』シリーズを思わせる新しい感覚から古代ゲルマン伝説を見事に現代に蘇らせ、二〇〇二年から始まった同市の祝祭劇を大成功に導いている。そして現在もっとも注目を集める若手劇作家のひとりルーカス・ベーアフスは、障害児の妊娠問題や現代における信仰の問題、さらにはDNA検査など最先端の科学技術がもたらす社会悲喜劇を、昔ながらの作劇法によって世に問いかけている。

　劇作家の個性や作劇法が多様化したこと、また現代演劇の判断基準それ自体が難しいことから、時代を体現するようなスター劇作家が現代では出現しにくく、また批評家もその傾向を整理しにくいのが現状ではある。しかし、もはや大文字の政治性ではなく、十分にドラマ的形式にのせて問題提起できる範囲での日常の社会性が、これら新しい劇作家の関心事であると言ってよいだろう(8)。

　その他、現代ドイツ戯曲を考察する上では、上演によって初めて完成へともたらされる素材としてのテクスト性、アンチ再現型の戯曲、神話素材や物語形式の扱い方、最初から舞台実践における身体性が織り込まれた演劇テクスト、演出家や舞台美術家との共同作業／チームワークなどにも目を向ける必要がある。


　さて、ローラント・シンメルプフェニヒの作品もまた、時空間の錯綜する様々な諸場面にスポットを当て、セリフやト書きを点描的に配置することで、一枚の社会群像劇を構築してゆく。彼の戯曲テクストは、「日常の詩学」を思わせる瑣末なエピソードの叙述に終始するのだが、次第に複雑な構成を経て受容者の視座を幻惑させながら、最終的には非日常的な「謎の美学」へと高まりを見せてゆく。

　ちなみに彼は影響を受けた劇作家として、シェイクスピアの名を挙げ、戯曲としてはレッシングの『ミンナ・フォン・バルンヘルム』やクライストの『壊れ甕』に最大限の賛辞を惜しまない。特に後者は「見事である」と評している(9)。また個人的に彼と話したとき(10)、同時代の作家ではボートー・シュトラウスを「大変良い劇作家」と呼び、最も好きな彼の作品として『カルデヴァイ、ファルス』(一九八一)を挙げていた。これらがすべて喜劇作品であることも注目に値する。悲劇は悲劇性しか描けないが、喜劇は喜劇性の中にグロテスクな悲劇性をも併せ持つ。またそこに等身大の人間性が露呈しもする。

シンメルプフェニヒが活躍を始める契機として、一九九九年から二年間、伝統あるベルリン・シャウビューネ劇場に在籍したことが挙げられる。当時のシャウビューネは「新リアリズム」を標榜する若手演出家トーマス・オスターマイアーを演劇部門の新芸術監督に迎え、弱冠三〇歳代の若者たちを中心にメンバーを一新した直後であった。シンメルプフェニヒは、サラ・ケインなどの新進劇作家を紹介するツーシーズンにわたって、フォン・マイエンブルクとともにドラマトゥルクとして活躍した。彼らが革新としての伝統回帰といった、いわば「ドラマ演劇の復権」を唱える立場であったことは、案外シンメルプフェニヒの演劇観を考察する上で重要なのかもしれない。

二〇〇九年の東京・新国立劇場における「シリーズ・同時代【海外編】」では、ドイツ語圏の劇作家の中からデーア・ローアー『タトゥー』とともに、シンメルプフェニヒ『昔の女』が選ばれ、三月に倉持裕演出で舞台化された。二〇一一年一二月には、国際演劇協会主催による「世界の秀作短編研究シリーズ」と銘打って、ドイツ語圏の同時代演劇の中でも傑出した作品がドラマリーディングのスタイルで本邦初演、紹介されている。そこでもエルフリーデ・イェリネク『光のない。』やファルク・リヒター『氷の下』などと並んで、デーア・ローアー『言葉のない世界』とローラント・シンメルプフェニヒ『イドメネウス』が選ばれている。

この現代ドイツ演劇界においてツートップと呼びうる二人の劇作家を考察してみると、ローアーが人間の抱える罪や暴力の問題を静かに見据え、社会的パノラマの中で底辺を生きる弱者たちの人生を詩的な筆致で綴ることで、ブレヒト、ミュラー、イェリネクらの政治的傾向を継承する劇作家である一方で、シンメルプフェニヒは偶然性や運命など不可思議で幻想的なスタイルを好み、憧れや幻滅など日常に映し出される人びとの心象風景を巧みに形象化する点では、チェーホフ、ペーター・ハントケ、ボート・シュトラウスらの流れを汲み、人間の実存的側面に触れる作風を持つ劇作家と呼べるかもしれない。

しかしながら両者ともに、登場人物（一人称）のセリフと語り手（三人称）のト書きとが、平面的なテクストの中で溶融し、対話から生まれる劇的形式と語りの叙事的形式とが重なり合っているなどの特徴が見られる。彼らの作品は、上演テクストであると同時に、リーディングテクストとしても可能性を持っており、俳優は、テクストを読みながら「語り」によって、様々な役柄や言説を自身に重ねて投影していくことになる。新しいポストドラマ的な演劇文化の中で、戯曲の形式もまた、独自の発展を遂げてきたと言うべきだろう。

すでに一九世紀後半には、例えばフローベールの長編小説のように、作中人物の思考や発言を「語り手」の視点から再現する、すなわち三人称の語りの中に一人称の心理が色濃く重層的に映し出される「体験話法」という文体が発展していた。そして二〇世紀前半になると、ブレヒトが「叙事的演劇」といった形式で、ある状況に絡め取られているはずの登場人物が突如そこを抜け出して、当該の出来事について客観的に物語るという叙事的なテクストや、観客を社会状況の批判的観察者に変革する演劇スタイルが確立する。これらはゴダールの映画などにも見受けられるものだが、こうした「ナレー

ション」の効果は、ハンス＝ティース・レーマンもまた、ポスト・ドラマテクストの特徴として注目している。(11)

2 「語りの演劇」について

初期シンメルプフェニヒには、新生ベルリン・シャウビューネで初演された『五月の長い時を前に』（二〇〇〇）という実験的な八一の短い舞台用場面集があり、ここでは全速力で自転車をこいで壁にクラッシュする男とトランクを持って登場し舞台上で激しく転倒する女の情景が幾度となく反復され次第に高まりを見せる。かつて希望に満ちて出会った二人が別れ、再会し、短い言葉を交わすという、過去と現在がトラウマ的な幻想を交えて錯綜する作品である。これなどは、まるで無声映画の喜劇俳優バスター・キートンやチャップリンの「スラプスティック」なイメージ世界を演劇に持ち込んだかのような戯曲であり、これは一例だが、シンメルプフェニヒの作品を検証していると、「映像メディア」の圧倒的な影響下に現在、演劇もまた構築し直されているかの印象を受ける。

実際にシンメルプフェニヒは、彼の作品に顕著な特徴である各場面の詳細な小道具描写のテクニックについて「映画冒頭部のカメラの動き」に準《なぞら》えたり、登場人物が予測のつかない事態に翻弄されるさまを、ブルース・ウィリス主演のアメリカ映画『アルマゲドン』（一九九八）を引き合いに出して説明したりしている。(12)彼が映画に代表される〈映像メディアの美学〉に魅了されていることは疑いの余地がない。

もっとも、こうした映像的な美学にはすでに伝統があり、一九七四年にベルリン・シャウビューネの演出家ペーター・シュタインが劇作家ボートー・シュトラウスとともにゴーリキー作『避暑に訪れた人びと』を全四幕の冗長な戯曲形式から映画のショットを思わせる短く割り振られた七八の小場面へと大胆に改作し、映画の技法を演劇に導入したことを嚆矢として指摘できるだろう。ちなみに、同時代の群像を描く戯曲の傾向からしても、シュトラウスとシンメルプフェニヒには親縁性が感じられ、シュトラウスはデビュー当時、その作風を「喪失の美学」(ヘルムート・シェーデル)と形容されたが、シンメルプフェニヒもまた、喪失や挫折といったテーマに固執している——「僕を駆り立てるのは、挫折(Scheitern)を記述することだ。〔……〕喪失(Verlust)が僕のすべての作品を貫いている」[13]。

しかしながら、同時代の観察者、年代記作者、鏡のように社会を映し出す鋭敏な地震計といった点で、両者は似ているかもしれないが、シンメルプフェニヒの作品世界はもはやシュトラウスのように冷戦構造下の西側社会を見つめているわけではないし、グローバル化時代の多人種社会にあって、もはや中産階級出身のインテリ連中の精神構造が問題になるわけでもない[14]。また、才気煥発であり、不明瞭なものを偏愛し、ときに絶対的なものを志向するボートー・シュトラウスの演劇世界と、魔術的ではあるが、より平面的でスマートな印象を与え、緻密で明晰なリアリズムの文体を持つシンメルプフェニヒの作品を単純に同列において論じることは、世代的にも資質の上からも控えるべきなのかもしれない。

シンメルプフェニヒは自らの立場を次のように言明している——「僕にとって演劇とは常に変化(Veränderung)を扱うものだ。変化への願望か、その挫折がテーマになっている。喪失というのは、もはや変化を望み得ない、最終的局面に陥ったことを意味する。もちろん、それだけが人生ではない。けれども僕の作品を特徴づけているのは、まさに変えようのないもの（das Unveränderbare）との出会いなんだ[15]」。そして、この主題を効果的に扱う上で適用されるのが、映像メディアからの手法である。

映画に話を戻せば、シンメルプフェニヒとは同世代であるアメリカの脚本家・映画監督クエンティン・タランティーノの手法がここで想起されてよい。タランティーノは、一九九〇年代前半にその過激な暴力描写から一躍脚光を浴び、新世代の映画人の旗手と目された映画人であるが、カンヌ国際映画祭において「パルム・ドール」（＝最優秀作品賞）を受賞した『パルプ・フィクション』（一九九四）のように、実はその暴力的描写以上に、オムニバス形式で無意味な話を延々と繰り広げる脚本に言いようのない魅力を持っている。タランティーノ作品に登場する二人組の対話では、しばしばB級カルチャー・ネタからの引用が繰り返され、ひとつの全体を形作る複数のショート・ストーリーは複合的に交差され、通時的には配列されていない。時間軸が相前後する構造は、同じくアメリカを代表する異端的映像作家デヴィッド・リンチの幻惑的サスペンス『ロスト・ハイウェイ』（一九九七）や『マルホランド・ドライブ』（二〇〇一）などにも伺えるものである。シンメルプフェニヒの作劇法は、明らかに一九九〇年代以降に登場した、このような新しい〈映像メディアの美学〉に基づいている。

実際にシンメルプフェニヒと対談してみて、童心に満ち溢れた作風を持つ彼が、宮崎駿の『となりのトトロ』（一九八八）をはじめとする日本アニメの大ファンであり、またタランティーノの作風に強く魅了されていることを本人の口から確認したが、神に比肩する全知全能のメタポジションがなく、登場人物がそれぞれの立場からのみ〈今現在〉を活写しながら、観客を予測のつかない状況に巻き込むことで筋書きが進行するのが、現代映画の特徴であろう。シンメルプフェニヒ作品も、タランティーノの作風に似て、全体の大きなストーリーテリング以上に、オムニバス形式で綴られる小さな個別のエピソードの方に比重が置かれ、また受容者の知覚を逆なでして緊迫感を高めるために、時系列は錯綜している。

二〇〇九年三月に初来日した際シンメルプフェニヒは、戯曲『火の顔』の成功によって先にブレイクした劇作家マリウス・フォン・マイエンブルクに対抗意識を燃やしながら出世作『アラビアの夜』を書き上げた、と語っていた。『アラビアの夜』は、ドイツ・シュトゥットガルト州立劇場から委託を受けて執筆され、二〇〇一年二月三日にザミュエル・ヴァイス演出で初演された。イスタンブールに長期滞在した作者の経験を遺憾なく発揮した作品であると話題を呼び、全世界三〇ヶ国以上で好評をもって迎えられた。この彼の代名詞と呼びうる戯曲には、その後のシンメルプフェニヒ作品を考察する上でモデルとなりうるような明確な特徴がすでに備わっている。

六月半ば、現代的な高層住宅で暮らす住人たちから水が出なくなったとの連絡が入る。漏水箇所を点検する管理人ローマイアーは、マンションの壁向こうから響きわたる水の音に誘《いざな》われながら、次第に見慣れた日常が幻想的な物語世界に絡めとられていく――。管理人の他に、マンション八階三二号室の住人フランツィスカとアラビア人女性ファティマ、彼女たちを訪ねてくる二人の男性カルパチとカリルを合わせて合計五名の個性的な人物が登場する。しかし出演者は五名に限定されているものの、日々の生活描写の他に、過去の記憶や、異国情緒あふれるイスラム世界の物語／ファンタジーが伏線となって幾重にも張りめぐらされており、最終的に俳優たちは筋の経過に従って、様々な役柄を自己に投影して演じ分けてゆかねばならない。すなわち俳優は舞台上でも登場人物と合致せず、根底においては分離していて、まさに「物語ること」によって――古《いにしえ》の語り部のように――、様々なキャラクターへと随時変貌を遂げてゆくことになる。

さらに、各俳優が口にするセリフはト書きと一体になっており、登場人物の孤独な内的独白と簡潔な状況説明が一種の「発話行為」として提示され、劇の進行の中で物語られると同時に、舞台上で現前化される。一見バラバラな五名のセリフが上演の中で複雑に呼応し合い、何気ない日常が不可思議な物語の構造とパズルのように重なり合うという、いわば現代ドイツにおける新しい作劇法の誕生を告げる劇作家シンメルプフェニヒの記念碑的作品になっている。また印象的なセリフや場面は形を変えて反復されており、登場人物の状況は絶えず二重化され、ズラシを伴う二項対立の中で重なり合っている。ちょうど作品の舞台であるイスタンブールにおいて、ボスポラス海峡を挟んでアジアとヨーロッパが鏡像関係にあるように、この作品でも既出の情報は変奏され、絶えずパラレルに描出されるのだ。

それでは最後にふたたび見出され、大河となって押し寄せてくる失われた「水」の正体、彼らの記憶に隠された秘密とは何か――。忘却から湧き上がる記憶の泉とも取れるし、アラビアの後宮におけるハーレム（＝トルコ風呂）の官能的な恋の泉、また神話世界において男性に愛されなかった女性の怨念、涙の象徴であるのかもしれない。ドミノ倒しのように途切れることなく続いてゆく複雑なパズ

左より　伊藤早紀、ニシムラタツヤ　（撮影：今井絢子）
『アラビアの夜』寂光根隅的父演出で 2012 年 1 月
名古屋・七ツ寺共同スタジオにてリーディング上演

左より　松重豊、西田尚美、七瀬なつみ　（撮影：谷古宇正彦）
『昔の女』倉持裕演出で 2009 年 3 月東京・新国立劇場にて本公演

ルが、最後の最後で一つになって結びとなる。

異なる時間軸をパラレルに提示したり、同一のセリフを反復させたりする際に、シーンをカットバックさせる〈映像メディアの美学〉を演劇に応用した『昔の女』は、二〇〇四年九月一二日にシュテファン・ミュラー演出でウィーン・ブルク劇場にて初演された。この戯曲は作者シンメルプフェニヒが、自身の最高傑作であることを認めている。ちょうど引越しの準備をしている三人家族の父親フランクの許に、何の前触れもなしに突如二四年前に永遠の愛を誓った元恋人ロミー・フォークトレンダーが現れて、今は一〇代の息子もいる彼を次第に恐怖へと陥れてゆく筋書きである。ヴォードヴィル風の軽妙洒脱な喜劇のように舞台は幕を開けるが、映画を思わせる手法で登場人物の心理と時系列は場を経るごとに錯綜し、「昔の女」は次第にギリシア悲劇の魔女メデイアを思わせる復讐者へと変貌してゆく。最後は息子の殺害、家屋の炎上、痕跡の完全消滅という、突き抜けるところまで突き抜けての幕切れとなる。

この作品もまた、指定される時間が行き来するという表面上の映像的なスタイルのみならず、内容的にも随所に「記憶」「忘却」「痕跡」「想起」をめぐる問題系が描かれており、〈時〉が大きなテーマであることを窺わせる。また彼の「語り」のテクニックとして、効果的な小道具の使用が認められよう。持ち方によって未来や過去が見えるという「穴あき石」や、息子アンディが壁に落書きする「しるし」、ビートルズの楽曲『アイ・ウィル』なども また、〈時〉を効果的に演出している。また、「玄関ドア」が象徴的に描かれており、家屋がロミーの侵入を許した時点でドアの鍵は壊れ、家族の絆も決定的に崩壊してゆく。
シンメルプフェニヒは映像的な反復や二重化の手法について、表層的な面白さよりもむしろ、裏切り豹変する人間の真実の姿を、繰り返し異なるパースペクティヴから眺められる利点を挙げている。[16]過去と未来を行き来するショート・カットの切断的な瞬間に、反復のさなかに、人間の実存や本質的な姿が露呈するというのである。その瞬間を観客に繰り返し見せることは、彼らに出来事について吟味させ、発見を促し、考えさせる効果を持つ。最後に『昔の女』は、マリウス・フォン・マイエンブルクの出世作『火の顔』と同様に、両親夫婦と息子世代の二組の男女ペアを登場させ、両世代を巧みに交錯させることで、歴史や悲劇は常に循環して繰り返されることを仄めかしている。ドイツ・ロマン派を代表する作家ティークのメルヘン『金髪のエックベルト』(一七九七)には、物語の構造が次第に現実と化し、不可思議な幻想世界と日常の境界線が最後に消失する手法が見られるが、シンメルプフェニヒにも暗示的な言葉の実現化、想像と現実との鏡像関係や二重化の手法が見て取れるのだ。

さて、劇作家としてのみならず、演出家としての顔も併せ持つ彼が、自らの演劇スタイルについて自覚的に語り始めたのは、つい最近になってからである。特に、「ターゲスシュピーゲル」紙に掲載された『演劇作品の論じ方』[17](二〇〇九)や、二〇〇九年にベルリン演劇賞を受賞した先輩演出家ユルゲン・ゴッシュと舞台美術家ユハネス・シュッツへの祝辞『鳥の群れ』[18]、及びベルント・シュテーゲマン編纂による演劇学生のための教科書『第一課——作劇法』(二〇〇九)に特別寄稿された『語りの演劇』等の発表が注目に値しよう。[19]これら一連の資料によって初めて、現在もっとも注目を集める劇作家シンメルプフェニヒの考える演劇美学が詳らかにされた、といっても過言ではない。

シンメルプフェニヒの演劇観を窺わせる言葉をいくつか引いてみよう――「政治演劇とは僕にとってモラル、正義や不正といった大きな問いの向こう側で政治的・社会的ヴィジョンを展開する演劇を意味するのだろう。けれども演劇は抽象的ではない。演劇のテーマは人間であり、個人なんだ[20]」。「演劇とは直接的な芸術形式であり、単純で明快。その生成にあたっては俳優を通して初めて姿を現す[21]」。「演劇作品は時代を映す鏡であり、とりわけ人間とその願望、憧れ、不当な要求、過ち、不安、その不十分さや残酷さを描き出すものだ――そして、それだけでもう十分に複雑で、錯綜している[22]」。

ところで、彼の作劇法を戯曲のみならず演出からも立体的に考察するとき、忘れてはならないのが演出家ユルゲン・ゴッシュの存在である。ローラント・シンメルプフェニヒは、劇作家としての活動を軌道に乗せた二〇〇一年からほぼ十年近く、全一〇作品にわたって、演出家ゴッシュとの密接な共同作業を行ってきた。シンメルプフェニヒを語る上で、ゴッシュの演出が与えたモデル上演には無視できないものがある。

一九四三年生まれのゴッシュは旧東ドイツ出身の演劇人で、俳優としてキャリアをスタートさせた後に演出家デビュー。しかし一九七八年にビューヒナー『レオーンスとレーナ』を演出した際、明らかな体制批判的意図を盛り込んだためにスキャンダルとなり、西側への移住を余儀なくされる。その後、ケルンやハンブルクに活動拠点を移した彼は、シェイクスピア、クライスト、チェーホフ、ベケットら古典劇作家の緻密な、ときに衒学的なテクスト読解者として注目を浴び、一九八二年から定期的にベルリン演劇祭にも招待されるようになる。九〇年代にはベルリン・ドイツ座を中心に活躍した。

だが、ゴッシュが現代ドイツ演劇界における比類のない演出家として脚光を浴びるようになったのは、一九九一年から共同作業を続けた舞台美術家ヨハネス・シュッツによる簡素で抽象的な舞台空間を利用した、オールビー『ヴァージニア・ウルフなんか怖くない』（二〇〇四）や、シェイクスピア『マクベス』（二〇〇五）などの因襲から解き放たれた、自由で天真爛漫な舞台表現においてであった。例えば『マクベス』では、一二人の大人たちが登場と同時に裸となって、手作り感のある王冠を求めて暴力的に争い、次第に血なまぐさい絵の具にまみれるという過激な舞台を創造し、デュッセルドルフ初日では客席の大半が退席するセンセーションを巻き起こした。意図的に余計な脚色を排除していくことで、むしろその欠落箇所を補填しようとして、俳優も観客もいっそう豊かな想像力を働かせることになるのだ、とユルゲン・ゴッシュは考える[23]。

そして、二〇〇一年からゴッシュが古典劇作家と並べて唯一頻繁に演出を担当し、その作品の上演と理解に多大な影響を及ぼした劇作家がローラント・シンメルプフェニヒである。ゴッシュは、かつてボートー・シュトラウスの上演様式を確立したベルリン・シャウビューネに務めたこともあるが、当時の新進劇作家の中でシンメルプフェニヒだけを別格扱いで演出し続けたことは、古典戯曲に匹敵する彼のテクストの完成度、シュトラウスとシンメルプフェニヒの親近性などを考えさせられる。

さて、最初からゴッシュの演出を意識して書かれたと思われるシンメルプフェニヒの戯曲『今ここで』（二〇〇八）は、夏に野外で行われた結婚式の祝宴の席を軸にして、登場人物一一名の過去や未来が様々な情景とともにスケッチ風に描かれる作品である。登場人物は三人称を用いたセリフの中で自分の行動や情景を物語ると同時に、その後に指定されたト書きの中で「今ここで」その演技を実践してゆく。例えば、セリフの中で彼は叫ぶと語れば、実際にその後すぐに彼は叫ぶのだ。季節は夏から秋を経て冬となり、やがて春を迎える。しかし永遠の〈今現在〉を物語り、即興的に演じるということが、この作品の核心であろう。自虐に満ちた心理描写や漫画じみたベタな演技が音楽を交えながら、自由なイメージとして舞台上に浮かんでは消える。

ところで彼の敬愛するゴッシュは、二〇〇九年六月に急逝してしまうのだ。

ゴッシュが死を迎えるほぼ一ヶ月前にベルリン演劇賞を受賞した際、彼と舞台美術家ヨハネス・シュッツがコンビで生み出してきた新しい演劇美学についてシンメルプフェニヒは、「完全な自由を志向する演劇」、あるいは「想像力の演劇」と呼んで、これを高く評価している。[24] 両者ともに不可能なこと、不当な要求、極端さを愛好し、誰も身体をいたわることのない演劇を創り上げるという。[25] 特に、演出家ゴッシュが「テクストに存在する限り、すべては上演可能である」と宣言し、戯曲テクストを「自立した、侵食し難い身体」として捉え、句読点や短い間に至るまで、字義どおり正確に演出することを賛美する。[26] さらに彼らの演出はテクストの中心を目指すが、そこには常に人間、俳優がいるとされ、「イリュージョン」を完全に撤廃しながらも、非常に楽しみに満ちている、という。[27] シンメルプフェニヒが以下の「語りの演劇」を構想する上で、ゴッシュの演出から多大なインスピレーションを受けたであろうことは想像に難くない。

語りの演劇（Narratives Theater）という意味合いから、砂漠や瓶などの場面をどう舞台化すればよいか、僕にはもう考える必要のないことが、一気に明らかとなった。僕は「イリュージョン」

の演劇からは別れを告げて、ある解決策、観客の手を引いてかっさらってゆく太古の演じ方を発見した。それは、物語ること(Erzählung)である。演劇とは直接的な芸術形式であり、その生成にあたっては俳優を通して初めて姿を現す。演技（Spielen）と物語（Geschichte）は、分かちがたく結び付いている。これ以上に素晴らしいものは僕にとって存在しない——演劇が僕を騙すことのない限りだが。

観客はすでにあらゆるトリック、ひねり、スピン、テクニックの類《たぐい》を知っている。あらゆる様式、すべての技巧性を熟知している。現在はそのような状況であり、禁止された事柄や、古典作品の重圧から逃れるために、是が非でも試してみる必要性のある事柄など、もはや存在しないのだから、僕らは簡略化（Abkürzungen）を行ってもよいのだ。もっともこれは可能性であって、義務ではない。僕らは舞台上で七頁に及ぶ対話をわずか半頁の散文へと干乾びさせて構わない。(28)

かつて演出家マウリシオ・ガルシア・ロサノがメキシコ・シティにて『アラビアの夜』のドラマリーディングを催した際、登場人物五名にクラシック演奏会のような正装をさせて、譜面台に置かれたテクストを淡々と朗読させる簡素な舞台づくりを行ったそうだが、この文章は、それに刺激を受けて書かれている。『アラビアの夜』は「語りの演劇」であるというのだ。(29)克明な日常の詩学と奇怪な幻想／ファンタジーの位相が同一平面上で絡み合っているシンメルプフェニヒの戯曲は、テクストだけ読むと舞台化するのが難しそうに見えるが、作者自身は複雑な演出の手続きを踏む必要などなく、ただ俳優が観客に向けて状況を「物語ること」によって直接的にイメージが可視化される、そこにパフォーマンス性が生じる、と考えているのである。

さて、ベルント・シュテーゲマンは、このようなシンメルプフェニヒの作劇法を「ポスト叙事的な作劇法（Dramaturgie des Postepischen）」に分類している。[30] これはもちろん、ブレヒトの「叙事的演劇」の成果を下敷きにして考察されたものである。ブレヒトは、ドラマ上の筋の経過を物語る際に、ある役柄を演じている俳優を芝居の外の現実に立ち戻らせて劇のストーリー展開を中断させ、そこにアクチュアルなコメントや報告を差し挟む、いわゆる「異化効果」を確立した。それによって、劇場で表現される作品世界と観客が生きている現実世界、あるいは作中の役柄と現実の俳優とはもはや「イリュージョン演劇」のように同一視されることなく、いわば〈二重構造〉として分けて捉えることが可能になった。

しかしながら、ブレヒト演劇の歴史的な意義は、舞台上で提示される社会状況は歴史的に条件づけられたものに過ぎないので、現実にはこれを変革する可能性のあること、変革の必要性のあることを観客に対して強く意識させることにあった。当然ながら、このような意味での「叙事的演劇」が担ってきた世界変革に向けての啓蒙のヴェクトルはすでに失効している。

シュテーゲマンに従うならば、『アラビアの夜』においてシンメルプフェニヒは、登場人物が置かれた状況や、今まさに感じ、知覚し、考えている事柄をとめどなく物語ることによって、観客の前で〈今現在〉を生々しく生起させるために、この叙事的手法を流用しているのだという。確かに、複数の登場人物・場所・筋書きが「ショート・カット」の技法でパラレルに展開され、舞台上で同時に現前化される錯綜した彼の物語は、従来の「イリュージョン」型の戯曲形式では、もはや表現することができない。

さらに、シンメルプフェニヒの作品では、俳優は首尾一貫してある役柄になりきるのではなく、様々な役柄や状況を次々と重ねて演じ分けてゆく必要性がある。その際に、生身の俳優と作中の役柄という〈二重構造〉が否応なく前提にされてしまうだろう。俳優は複数の物語にその都度入り込んでは、不安定な〈今現在〉を客席に向けて物語ることになる。シンメルプフェニヒは、おそらくは最初から舞台効果を想定して戯曲を書いていて、俳優の「発話行為」によってパフォーマティヴな出来事性を次々と成立させるために、あえて素の役者が突如として役柄に憑依して不可思議な体験を物語るという、叙事的な〈二重構造〉の原理を効果的に利用していると考えられるのだ。

3　モデル上演としての『金龍飯店』

それでは、「語りの演劇」の具体例として、作者自ら演出も担当した『金龍飯店』を中心に、彼の戯曲におけるテクスト性とパフォーマンス性の相即を、以下に検討してみたい。当然ながらシンメルプフェニヒは、「演出にあたって心の中でのゴッシュとの対話がとても役立った」と述べ、ユルゲン・ゴッシュの演劇美学を参照している。[31]

テクストの標題である「金龍飯店」とは、ヨーロッパ各都市に広がるファーストフード系アジア飯のチェーン店のことである。合計して四八の断章／スナップショットが次々と現前化され、わずか五名の俳優がその都度、総勢一七名に及ぶ役柄を演じ分けてゆく。

注目すべきは、年齢や性差が強調される必要性のある役柄――例えば祖父と孫娘の会話や、キャビンアテンダントとパイロットの情事など――は、意図的にその役柄とは正反対のアイデンティティを持つ俳優によって演じられるよう指示してあることである。その結果、「六〇過ぎの男」が美人スチュワーデスを演じたり、まだ「若い男」が年老いた祖父を演じたりすることになる。加えて、イソップ童話でおなじみの「アリとキリギリス」の寓話が、現代的に戯画化され挿入されている。その意味では、最初から上演する際のパフォーマンス性を意識して、文学テクストと上演の際の身体性との齟齬を計算した上で、戯曲が書かれていると言えるだろう。

配役は以下のとおり。また第一場面は、次のような調子である。

若い男（祖父、アジア人男性、ウェイトレス、キリギリス）
六〇過ぎの女（孫娘、アジア人女性、アリ、食料品店店主）
若い女（縞模様のシャツを着た男、歯痛に悩むアジア人男性、バービー・ファッカー）
六〇過ぎの男（若い男、アジア人男性、二人目のキャビンアテンダント）
男（ドレス姿の女、アジア人男性、一人目のキャビンアテンダント）

1

男、六〇過ぎの女、若い男、若い女、六〇過ぎの男。

男　　金龍飯店。
　　夕方早く。
　　力ない夏の光が窓ガラスを通してテーブル席に差し込む。
　　タイ・中国・ベトナム即席料理店のちっぽけな調理場で働く五人のアジア人たち。
　　若い中国人男性が歯痛のためパニックに陥る。
若い女　（パニックに陥る）痛い、痛い、痛い――
　　（若い女は苦痛のあまり叫ぶ）
若い男　泣くな、泣くんじゃない。
　　（若い女は苦痛のあまり叫ぶ）
若い女　痛い――
六〇過ぎの女　彼は苦しんでいる。
六〇過ぎの男　小僧は苦しんでいる。
若い男　泣くな――泣かないでくれ。
男　叫ぶな、だが彼は叫ぶ。彼は叫ぶ、そして彼が叫ぶ様子――
　　（若い女は苦痛のあまり叫ぶ）
　　（六〇過ぎの女は調理なべで麺を炒めている。ジュッという音がする）
若い女　すごく痛い――この歯がものすごく痛い――

六〇過ぎの男　僕らは小僧を取り囲んで中国・タイ・ベトナム料理店のちっぽけな調理場に立っている。
叫ぶな――彼が叫ぶ様子。
六〇過ぎの女　番号八三：「パット・タイ・ガイ」。卵、野菜、鶏胸肉のスパイシーなピーナッツ・ソース和え焼きそば、中辛。
男　虫歯だ。
六〇過ぎの男　小僧は虫歯だ。
（若い女は苦痛のあまり呻く）
若い男　混ぜて、かき混ぜて。
（六〇過ぎの女は調理なべをかき混ぜる）
六〇過ぎの男　あの小僧は。
若い男　前方の窓際のテーブル席一一番には、二人のスチュワーデスが座っている。こんにちは。
（若い女は苦痛のあまり呻く）
六〇過ぎの男　そう叫ぶな、ってのー――
男　一人目のスチュワーデスが言う、
こんにちは。
六〇過ぎの男　二人目のスチュワーデスが言う、
こんにちは。
若い男　こんにちは。

六〇過ぎの女　虫歯を抜いたほうがいいな。
若い男　飲み物をお持ちしましょうか？
若い女　ちっ。虫歯か、くそっ。どうしよう。(32)

この作品は、俳優が状況説明的なセリフを口にすると同時に即興的にその場面を演じる、というテクスト構造になっている。(33)不法入国してこの店で働く中国人の若者が突如、激しい歯痛に悩まされる。彼を取り巻くアジア系従業員四名と、このテナントを含むマンションで暮らす人びとの様子が、同時並列的に現前化されてゆく。しかも「金龍飯店」から別の筋に場面が移った後に、再び「金龍飯店」に戻ってくると、俳優たちは再び緊迫感に満ちた調子で歯痛をめぐる喧騒を繰り返すという設定である。その意味で『金龍飯店』は、まずは俳優が役柄を「演じる」という〈二重構造〉それ自体をテーマにした作品である、と言えるだろうか。

そして自分とは別の役柄を「演じる」、別人になるという「変身」の構造に焦点を絞って考えてみると、実はこの作品の素材自体が、登場人物の〈変身願望〉に基づいて執筆されていることが分かる。惰性的な現状が劇的に変わることへの憧憬、と言い換えてよいかもしれない。例えば、歯痛に悩まされる中国人男性は、失踪した姉に会うためヨーロッパへやって来た新人バイトであるし、レストラン上階のバルコニーでは、可愛い孫娘を持つ年老いた祖父が若返りへの願望を口にする。その一方で孫娘は、若いボーイフレンドとの間に望まぬ子供を宿して、妊娠以前の二人の関係へ戻りたいと考える。深夜、美人スチュワーデスのエーファは、イケメン・パイロットとの不倫関係を清算したいと願うし、縞模様のシャツを着た男は、合唱隊に所属する妻から突如、浮気の事実を告白され、茫然自失する……。

スナップショットのような目まぐるしい場面転換の中で「突然に」、あるいは「偶然」に導かれて、分刻みに人生模様は変貌してゆく。ト書きやセリフの中で「間（Pause）」、「短い間（Kurze Pause）」の指定が頻出するのも、シンメルプフェニヒの戯曲の大きな特徴であろう。こうした描写が、「変身」や「どんでん返し」といった劇的な構造を効果的に高めていることは言うまでもない。

ユニークなのは、緻密なリアリズムで描写される見慣れた日常のスナップショットに、所々で「アリとキリギリス」のエピソードが闖入し、次第にその物語世界が現実と溶融し始めることである。寒い冬が訪れると、それまで遊んで暮らしていたキリギリスは、勤勉なアリに援助を求める。しかしアリはこれを拒絶する。それどころか、ダンスが趣味で陽気なキリギリスは好色な娼婦とみなされ、食糧のために身を売る女として、アリ仲間から弄ばれるのだ。

ところで、歯痛に悩まされる中国人は、不法入国のために病院へ連れて行くことができない。結局仲間たちは、工具箱から赤いパイプレンチを取り出して、狭い調理場の中で彼の門歯を強引に引き抜くことにする。虫歯は空中を舞って消失するが、「金龍飯店」で軽食を取るキャビンアテンダント、南アメリカから帰国したばかりのブロンド娘インガのスープの中から、やがて発見される。しかし抜歯の後、中国人男性の歯茎からは出血が止まらず、心配した仲間たちが歯の抜けた穴を覗き込むと、異国で頑張る息子と行方不明の娘を心配する中国人家族の様子が見える。若者は、その穴を通して家族と束の間の会話を行うが、抜歯による激しい出血が原因で、まもなく死亡してしまう――。

さて、ウィーン・アカデミー劇場にて舞台美術家ヨハネス・シュッツが担当した舞台は、客席の目の前まで張り出した、真っ白い何もない正方形の空間であった。舞台後方では、五名の俳優が質素な椅子、あるいは床に腰掛けており、無造作にペットボトルや舞台の小道具、例えば効果音のための銅鑼などが置いてある。ちなみに舞台音楽も俳優自らが担当し、時おり茶碗型の鉦《かね》を鳴らす様子など、すべて客席から観察できる。すなわち、舞台空間の外部で行われることは何もない。演技しない間も、俳優は舞台奥で絶えずその身体を観客に晒し続けているのだ。彼らの服装は、白シャツに黒ズボンという、いたってシンプルなものであった。

上演が始まると、俳優は起立して舞台前方まで進み、突如役柄になりきって「短い間」というト書きに至るまで、すべてのセリフを一字一句、発話してゆく。そして場面が終わると、突然また生身の俳優に戻って、無言のまま舞台後方へと引き返してゆく。そして次の場面が始まると、また舞台手前に歩み寄って、突然憑依したかのように新しい役柄を演じ始めるのだ。

印象的な場面をいくつか挙げるならば、レストラン「金龍飯店」の歯痛の中国人男性役として「若い女」が虫歯を引き抜かれると、演出として口から血糊を吹き出すわけだが、その場面が終わると同時に俳優は舞台奥に引っ込んで、血糊をタオルで拭き取りながら汚れたシャツを取り換える様子が客席から窺える。しかし再び同じ場面の続きを演じる段取りになると、彼女はまたもや口から血糊を吹き出して、同じようにシャツを真っ赤に汚すのである。

このように、基本的にはセリフで状況説明を行いながら直後に演技を行うという、手作り感あふれる簡素な舞台づくりからは、エリカ・フィッシャー＝リヒテの主張する「俳優と観客の身体的共在

(leibliche Ko-Präsenz)」が、逆に客席との間に生き生きと生み出されていた。[34] 実例を挙げるならば、すでに述べたとおり、俳優はシンメルプフェニヒの執筆意図に従って、自分のキャラクターとはまったく異なる別人を演じなければならなかった。そもそもアジア人を演じる彼らは、当然のことながらヨーロッパ人である。「六〇過ぎの男」を演じる中年男性が、若いキャビンアテンダントの恋愛話を可愛らしく語ったり、「六〇過ぎの女」役の中年女性が、若くて落ち着きのない孫娘を演じると同時に、マッチョな食料品店店主ハンスとなって、生真面目なセリフを口にしたりした。表現する俳優と表現される役柄とのギャップから、年齢や性差がことさら前面に押し出された。そしてその際に、不慣れな役柄を演じることへのためらいや疑念が、率直に舞台上で表出されたのである。

例えばある場面では、メタボリックな上半身を晒して演技する中年俳優の裸体を、客席から若い女性客が失笑するというハプニングが起きたが、次に上半身を晒す場面が来ると、この俳優はさっそく少しはにかみながら、渋々シャツを脱いでいるんだという態度表明を怠らなかった。つまりは、「あ〜あ、こんな役、本当はやりたくないんだけどな」、といった俳優のリアルタイムでの率直な心理描写が、「演じてみせる」という演劇の約束事を故意に強調する結果になって、その齟齬やギャップから生のおかしみが生み出されていたのである。すなわち、ある役柄になりきる「イリュージョン」の演劇ではなく、むしろ自分とは正反対の役柄を無理やり演じさせられるという「ムチャぶり」に対する俳優の戸惑い、あるいは諦念が、そのまま「俳優と観客の身体的共在」という〈今現在〉の中で露呈され、結末を想像できない「物語り」を俳優と観客を交えた劇場内の皆で共有するという不可思議な感覚から、一種独特な「雰囲気」が生み出されていた。[35]

しかし、各場面が終わるたびに俳優は演技を中断して、真剣な表情で黙ったまま舞台後方へと引き返していった。そしてその都度、沸き起こっていた笑いはリセットされた。役柄への憑依と離脱。各場面と場面を繋ぐ「間」、ト書きとセリフに頻出する「短い間」——休憩なしで約一時間四五分にわたる上演時間の中で、合計四八の小場面を繋ぐこの「間」にも秘密があるように思えてならない。累乗化する「間」の沈黙の中で、表面的な「面白み」の背後で、この物語の核心、すなわちグローバル化時代の悲惨な社会状況が最後には明らかとなるからである。

出血多量が原因で死んでしまった若者の遺体を深夜、即席料理店「金龍飯店」で働く自称ベトナム人四名は、店の紋章「金龍」が描かれた絨毯にくるんで肩に担ぎ、近所の橋から河の中へと投げ捨てる。不法滞在していた外国人の死亡を、当局に届け出るわけにはいかないからだ。若者は数年かけてライン河から北海を抜けて北極圏を横断し日本列島脇を流れて黄海を通って最後には白骨と化して中国まで帰郷する。

また死体遺棄と同時刻、売春を強要するアリの家を脱走したキリギリスの様子が描かれる。彼女は表へ出ようとするが、食料品を溜め込んだ店主ハンスの秘密部屋に出てしまう。そこでキリギリスは、妻に浮気された縞模様のシャツを着た男に言い寄られ、そのほっそりと痩せた腕と脚のために、中国の美しい「キリギリス」のようだと形容される。すなわち、「アリ」とは備蓄に励む食料品店店主ハンスを意味し、「キリギリス」とは不法入国した中国人男性の姉のことで、彼女はヨーロッパでの生活費を稼ぐために体を売っていたことが明らかになる。

演劇誌「テアーター・デア・ツァイト」の劇評では、この作品のテーマは「人口移動、劣悪な労働条件、不法滞在者、及びそこから生じる従属関係」である、とコメントされている。[36] マンション住民をめぐる様々なエピソードで巧妙に織り成された喜劇から、最後にはヨーロッパへ移住してきたアジア人の厳しい社会的現実が浮き彫りにされる、というのである。確かに、改めて作品の主要登場人物を整理してみると、南アメリカから飛行機に乗ってヨーロッパへ帰国した二人のキャビンアテンダントと、中国からヨーロッパへ密入国して来た二人の姉弟《きょうだい》を軸に物語は進行しており、それぞれ西洋と東洋を暗示していよう。作品の舞台となる「金龍飯店」、及び「アリとキリギリス」の寓意からは、まさにグローバル化した世界における西洋と東洋、あるいはヨーロッパ人とアジア人との経済格差が仄めかされ、風刺されているように思えてならない。

以上、『金龍飯店』のドラマトゥルギーを最後にたった一言で要約すれば、永遠の〈今現在〉を「物語る」という、演劇が原理的に持っている構造への原点回帰であり、また先鋭化であると思われる。シンメルプフェニヒの「語りの演劇」は、まず何よりも戯曲のテクスト性を大切にしながら、しかし同時に「物語る」という身体表現によって（文字どおり行為遂行的《パフォーマティヴ》に）、それが舞台空間における生き生きとしたパフォーマンス性に直結するわけだから、能や狂言といった日本の古典芸能における「語り芝居」の表現手法に近い、非常に興味深い試みと言えるだろう。

『金龍飯店』は、テクスト性から見れば、登場人物の憧れや不安、現在とは異なる状況への主体の〈変身願望〉をテーマにしている。例えば、美しいキャビンアテンダントである二八歳のエーファは深夜、愛人のパイロットが寝静まったベッドで、次のようなセリフをつぶやく――「もし今の自分とはまったくの別人になれたら。今の立場とはまったくの別人になれたなら。ほかの誰かに[37]。そしてもし望めるなら今の関係を清算し、彼との役割を交換して、自分が魅力的なパイロットになって地球を飛び回りたいと願う。

しかし、パフォーマンス性から見れば、彼女は「六〇過ぎの男」によって演じられ、俳優と役柄との個性のギャップ、表現する者と表現される者との年齢や性別の齟齬が意図的に強調される結果、主体の「変身」「役割交換」「アイデンティティの危機」などが、舞台上で生き生きと創出されることになる。しかも彼は、次の場面では実際に、「キャビンアテンダント」から「金龍飯店」の調理人へと瞬時に変身/役割交換するのである。

シンメルプフェニヒの演劇作品では、このようにテクスト性とパフォーマンス性との間に、ドイツ・ロマン派を思わせる「二重化」の原理が見られる[38]。彼は、予告的な言葉とその実現、言説とその行為遂行性との関係を創作のテーマにしているのだ。『金龍飯店』では、主体の別人への「変身」をめぐって、テクスト性とパフォーマンス性とがある種の屈折を伴いながら、どこかで鏡像関係にある。その意味では、彼の演劇作品はテクストだけでは判断できず、それが舞台実践で創造的に捉え返されることによって、初めて明らかになると言えるだろう。テクスト性とパフォーマンス性との関係は、ただ単に前者が後者によって再現されることにあるのではない。実際には、後者による前者の自己鏡像化の中で、いわば創造的な二元性によって初めて、彼の演劇作品が本来持っている可能性や真価は生起すると考えられる。

いずれにせよ、現代ドイツ語圏における新しい演劇美学を考察する上で、その格好の素材の一つとなるのが、ローラント・シンメルプフェニヒの作劇法であることは、疑いの余地がない。

（1） Florian Malzacher und Bernd Stegemann: Was kommt nach der Postdramatik? In: Theater heute. Nr. 10, 2008, S. 6-21.

（2） ハンス＝ティース・レーマン「『ポストドラマ演劇』の十二年後」、第三次『シアターアーツ』第49号所収、津崎正行・平田栄一朗訳、晩成書房、二〇一一年、四～二一頁。

（3） ヴィレム・フルッサー『写真の哲学のために――テクノロジーとヴィジュアルカルチャー』深川雅文訳、勁草書房、一九九九年。

（4） フレドリック・ジェームソン「ポストモダニズムの消費と社会」、ハル・フォスター編『反美学――ポストモダンの諸相』所収、室井尚・吉岡洋訳、勁草書房、一九八七年、一九九～二三〇頁。

（5） Vgl. Botho Strauß: Versuch, ästhetische und politische Ereignisse zusammenzudenken. Texte über Theater 1967-1986. Frankfurt a.M.: Verlag der Autoren, 1987, S. 69.

（6） Heiner Müller: Mommsens Block. In: Ders.: Werke 1. Die Gedichte. Hrsg. von Frank Hörnigk. Frankfurt a. M.: Suhrkamp Verlag, 1998, S. 260.

（7） Elfriede Jelinek: Ich will kein Theater — Ich will ein anderes Theater. In: Theater heute. Nr. 8, 1989, S. 31. Wolfgang Reiter（Hrsg.）: Wiener Theatergespräche. Über den Umgang mit Dramatik und Theater. Wien: Falter Verlag, 1993, S. 22.

（8） Vgl. Franz Wille: Wuttkes Mangel oder Schwierige Geschichten. In: Theater heute. Jahrbuch 2008, S. 80-89, hier: S. 87.

（9） Uwe B. Carstensen und Friederike Emmerling: Theater ist immer Eskalation. Ein Gespräch mit Roland

Schimmelpfennig. In: Roland Schimmelpfennig: Trilogie der Tiere. Stücke. Frankfurt a. M.: Fischer Taschenbuch Verlag, 2007, S. 229-243, hier: S. 239.

（10）二〇〇九年三月一二～二二日に倉持裕演出で新国立劇場・小劇場で行われたシンメルプフェニヒ『昔の女』公演に合わせて、作者自身が三月一〇日から一五日まで東京に短期滞在し、この戯曲の翻訳者である筆者は、連日のように彼と歓談する機会に恵まれた。

（11）「最近の演劇ではテクスト、言葉、語りの新しい重要性が認められます。〔……〕演劇は、リアリスト風のドラマ的演技や閉じたフィクションの伝統に後戻りすることなく、物語を語る方法を数多く展開させてきています」。またレーマンは、現代演劇における純粋な行為としての「語り」の新しい強調に着目して、これを「発話行為の演劇」と呼んでいる。註2、一三頁を参照。

（12）Trilogie der Tiere, a.a.O., S. 230 und 236.

（13）Ebd., S. 234.

（14）Vgl. Franz Wille: Ein Gespräch mit Roland Schimmelpfennig. In: Roland Schimmelpfennig: Der goldene Drache. Stücke 2004-2011. Frankfurt a. M.: Fischer Taschenbuch Verlag, 2011, S. 713-725, hier: S. 722ff.

（15）Trilogie der Tiere, a.a.O., S. 234f.

（16）Vgl. Der goldene Drache, a.a.O., S. 721.

（17）Roland Schimmelpfennig: Wie man über Theaterstücke schreibt. In: Tagesspiegel vom 19. 04. 2009.

（18）Roland Schimmelpfennig: Ein Schwarm Vögel. Eine Laudatio auf Jürgen Gosch und Johannes Schütz zur Verleihung des Theaterpreises Berlin der Stiftung Preußische Seehandlung. In: Theater heute. Nr. 6, 2009, S. 36-39.

（19）Roland Schimmelpfennig: Narratives Theater. In: Bernd Stegemann（Hrsg.）: Lektionen 1. Dramaturgie. Berlin:

Theater der Zeit, 2009, S. 315-317.

(20) Trilogie der Tiere, a.a.O., S. 231.

(21) ローラント・シンメルプフェニヒ「『昔の女』日本公演に寄せて」、新国立劇場『昔の女』上演パンフレット、二〇〇九年、八ページ。

(22) Wie man über Theaterstücke schreibt, a.a.O.

(23) Vgl. Peter Michalzik: Die sind ja nackt! Keine Angst, die wollen nur spielen. Gebrauchsanweisung fürs Theater. Köln: DuMont Buchverlag, 2009, S. 187-194, hier: S. 190. また「テアーター・ホイテ」誌によるユルゲン・ゴッシュの追悼特集をも参照。Das Theater von Jürgen Gosch. In: Theater heute. Nr. 8/9, 2009, S. 4-27.

(24) Ein Schwarm Vögel, a.a.O., S. 36.

(25) Ebd.

(26) Ebd., S. 36 und 38.

(27) Ebd., S. 38f.

(28) Lektionen 1. Dramaturgie, a.a.O., S. 316.

(29) Vgl. Ebd., S. 315f.

(30) Vgl. Ebd., S. 304-311, bes.: S. 305f.

(31) Vgl. Der goldene Drache, a.a.O., S. 718.

(32) Roland Schimmelpfennig: Der goldene Drache. In: Ders.: Der goldene Drache, a.a.O., S. 203-260, hier: S. 204ff.

(33) ここで思い出されてよいのが、劇団「チェルフィッチュ」岡田利規の戯曲『三月の5日間』（二〇〇四）である。この作品では、登場人物がクダけた若者言葉で観客に語りかけて、これからこういう役を演じます、と前置きした上で、実際にその表現を始めるというスタイルが見られる。同時代的な現象として、両者には相通じるものを指摘できよう。

（34） Vgl. Erika Fischer-Lichte: Ästhetik des Performativen. Frankfurt a. M.: Suhrkamp Verlag. 2004. S. 58-126.［邦訳：エリカ・フィッシャー＝リヒテ『パフォーマンスの美学』、中島裕昭ほか訳、論創社、二〇〇九年、五三〜一〇九ページをも参照］上演、一回性、現在進行的な美学をどのように捉えるか、この難問をめぐって演劇学者エリカ・フィッシャー＝リヒテは、言語学者ジョン・L・オースティンの言語行為論から「パフォーマティヴ」という出来事生成の現在分詞的な概念をベースにして、さらに最近三〇年の新しい学問的成果──例えば、生物学者ウンベルト・マトゥラーナとフランシスコ・バレーラの「オートポイエーシス的フィードバック循環」、複雑系やニュー・サイエンスの学術用語「創発」、人類学者ヴィクター・ターナーの「通過儀礼」、及びゲルノート・ベーメの「雰囲気の美学」など──を適宜参照しながら、新しい現前性の知覚生成の美学について考察している。特に第三章では、上演における俳優と観客との共同主体（Ko-Subjekt）の成立について論じられる。

（35） 演劇実践におけるパフォーマンス性については「雰囲気とは、そもそも実際の経験においてのみ存在する」、「雰囲気とは、何か関係的なものではなくて、関係そのものなのである」と考えるゲルノート・ベーメの美学をも参照せよ。ゲルノート・ベーメ『雰囲気の美学──新しい現象学の挑戦』梶谷真司・斉藤渉・野村文宏編訳、晃洋書房、二〇〇六年、一二、一四ページ。いわゆる「イリュージョン」の演劇が、ステージ上から一方向的に客席に向かって出来事を伝達してゆくのだとすれば、シンメルプフェニヒの「語りの演劇」では、俳優と観客とが「演じる」という素人的な「雰囲気」を互いに共有することで、そこに出来事性を成立させてゆくことになる。

（36） Margarete Affenzeller: Wiener Großbaustelle. In: Theater der Zeit. Nr. 10. 2009. S. 23-25, hier: S. 24. 多くの劇評家が、外国人の不法滞在者の厳しい現実を描いたとしてこの作品を高く評価する一方で、次の劇評は、『金龍飯店』の演劇美学には「簡素さ」と「薄っぺらさ」しかなく、内的矛盾も外的矛盾も知らない道化芝居がただまくし立てているだけ、との否定的コメントを寄せている。また近い将来に中国が経済的に覇権を握るようになると、現在の力関係は逆転し、いずれは我われヨーロッパ人の娘たちが「キリギリス」になるかも知れぬという、グローバル化時代の不安をこの作品から読み取っている。Frank Raddatz: Es lebe das Ressentiment. In: Theater der Zeit. Nr. 5, 2010, S. 36f.

（37）Der goldene Drache, a.a.O., S. 251.

（38）ヴィンフリート・メニングハウス『無限の二重化』伊藤秀一訳、法政大学出版局、一九九二年、一〇四〜一〇七、一九一〜一九三ページ参照。

あとがき

ローラント・シンメルプフェニヒと初めて会ったのは、彼が初来日した夜だった。二〇〇九年三月に新国立劇場で行われた『昔の女』公演に合わせ、作者自身が三月一〇日から一五日まで東京に短期滞在したのである。歓迎の意を込めて、当時の東京ドイツ文化センター所長ウーヴェ・シュメルター氏が自宅に劇作家と関係者を招いて記念パーティーを催してくれた。空港から到着したばかりだという劇作家は、黒いスーツの正装で目の前に現れると、チャーミングな笑みを浮かべ、すぐに握手のために手を差し出してくれた。小さな顔に無邪気で穏やかな表情。彼の作中人物と同じような心優しい作者の姿に接して、改めてこの人物がシンメルプフェニヒなのだと実感し、固く握手を交わした。彼は鞄から作品集を取り出すとプレゼントしてくれた。記念にサインをねだると、「ついに東京だ！(Endlich in Tokyo!)」、とすぐさま署名してくれた。

皆でビールやワインを飲みながら会話が弾んでくると、シンメルプフェニヒの名前（＝ドイツ語で「カビの生えたプフェニヒ硬貨」を意味する）が話題になった。謎に満ちた彼の戯曲を初めて読んだときは、この名字からも強いインスピレーションを受けて、江戸川乱歩の『二銭銅貨』を連想したりしたものだ。しかし本人は――いじめられた過去でもあるのか――、この名前に言及されると途端に表情を曇らせながら、もともとはオランダ語が語源で「白い花」を意味していたんだけど、とうつむき加減につぶやいた。

＊

研究対象である劇作家と気軽に歓談する機会に恵まれるのは、そうある話ではない。いま記憶の糸を辿り直してみると、『昔の女』公演初日に彼と並んで観劇したことが思い出される。この日、客席に現れたシンメルプフェニヒは終始上機嫌で、子供のようにはしゃぎながら、このあたりに緑や公園はないか、僕は自然の中へ出かけたい、と語っていた。はるばる東京まで来て自然が見たいのか、と聞き返すと、笑顔でそうだ、と答えた。日本語で観劇に際してのアナウンスが流れると、一字一句何を言っているか彼は興味しんしんだった。時差ボケはないのか訊ねると、笑いながら、ない、と答えた。照明が落ちて芝居が始まると、いきなりフラッシュをたきながら、スマートフォンで舞台美術を撮影し始めた――もちろん一般には、禁止された行為である。

しかし終演後に彼は一転して深刻そうな面持ちになると、演出のラストにやられた、と口にして考え込み始めた。翻訳はどうだったか訊ねると、僕が意図したドイツ語のリズムやテンポとまったく同じだった、それでどの場面のどのセリフか手に取るように分かった、とぶっきら棒に答えると、またもや無言になった。新国立劇場では、最後に炎上する家屋がブザー音の鳴るなか地下へ沈んでゆく、歌舞伎の「屋台崩し」のような演出が行われた。そのシーンを考え続けるシンメルプフェニヒは、劇作家であるのみならず、演出家でもあるのだ。

*

彼の滞在中は会うたび、様々な質問をした。例えば、あなたの作劇法には映画からの影響が見受けられますね、タランティーノの『パルプ・フィクション』の手法とか、つまり時間軸が錯綜してますよね。僕はもう論文に、あなたのドラマトゥルギーは映画の技法に影響を受けている、と書いてしまったんですが、当たっていますか。そう訊ねると、彼は大笑いしながら、その通りだ、と答えてくれた。

ライバルと思う劇作家は誰ですか。あなたがドラマトゥルクとして在籍したベルリン・シャウビューネには、同時期に劇作家マリウス・フォン・マイエンブルクもいましたが、彼の作品はどう思いますか。そう訊ねてみると、マイエンブルクは『火の顔』の成功によって先にブレイクしたので、僕にだってやればできることだと対抗意識を燃やして、出世作となる『アラビアの夜』を書き上げた、と説明してくれた。

そこで、『昔の女』以外の作品であなたの戯曲を翻訳紹介するとすれば、どれがお薦めか聞いてみたところ、『アラビアの夜』は世界中で上演されて、どこでも成功を収めているし、日本のビジネス界の苛酷な競争社会を考えると、『プッシュ・アップ』も上演する意義がある。あるいは『前と後』は僕の自信作であり、表向き戯曲の体裁をとってはいるが、じつは密かな小説になっているんだ、などと説明してくれた。

上演前の作品に話が及んだこともある。シンメルプフェニヒは、極度に虫歯を痛がる不法滞在の中国人男性の話を、その場で大げさな身振りを交えて語ってくれた。この歯痛に悩む男の話を主軸にして、パラレルに様々な物語が進行していくようだ。しかも、抜歯した彼の歯茎の穴から、生まれ故郷の中国人家族の様子が見えるらしい。居合わせた舞台俳優たちは、皆口々に「素晴らしいファンタジーだ!」とシンメルプフェニヒを賞賛した。この作品が、同年九月に彼自身の演出によってウィーン・アカデミー劇場で初演され、ベルリン演劇祭に招待されると同時に、二〇一〇年度のミュールハイム市劇作家賞をも受賞するきっかけとなった戯曲『金龍飯店』である。

ちなみに、あなたのオペラ作品『鏡の中の顔』とは一体どんな作品なのか訊ねてみると、音楽は素晴らしいけど、僕の書いたテクストがあまり良くない、と彼は素っ気なく答えた。

＊

滞在の最終日を迎えると、オペラシティビル地下一階にある英国式パブに関係者皆で集まって、お別れ会を兼ねた内輪での談笑パーティーが開かれた。シンメルプフェニヒは、昔から『アルプスの少女ハイジ』など日本のアニメが大好きだった、と話してくれた。今は小さな娘たちと一緒に、宮崎駿のアニメ『となりのトトロ』を繰り返し見ている、とのことであった。演出家の倉持さんが、僕はアニメなら押井守監督の『攻殻機動隊』が好きだ、と伝えると、早速シンメルプフェニヒは関心を示して、英語で『GHOST IN THE SHELL』だと教えると、すぐに手帳を取り出して、メモを取り始めた。

様々なディテールを作品に盛り込む多彩で多作なこの劇作家にふさわしく、手帳にはすでにアイデアがぎっしりと書き込まれていた。

出発の時間が迫り、別れ際にもう一度だけ、あなたの作品を次に翻訳するなら何がよいか訊ねてみると、今度は『アラビアの夜』だ、と即答してくれた——。

*

本翻訳書は、現在では入手困難になっているドイツ語圏の文芸紹介誌『デリ』第6号（二〇〇六年）に掲載された彼の代表作『昔の女（Die Frau von früher）』と、その東京公演で初来日した彼が上演を強く勧めてくれた出世作『アラビアの夜（Die arabische Nacht）』をカップリングにして一冊にまとめた、いわばローラント・シンメルプフェニヒ名作集である。

テクストには、彼の一巻本の戯曲集（Roland Schimmelpfennig: Die Frau von früher. Stücke 1994-2004. Frankfurt a. M.: Fischer Taschenbuch Verlag, 2004, S. 305-342 und S. 639-686.）を使用した。

また、これまで自らの演劇観について固く沈黙を守ってきたシンメルプフェニヒが、最近になって「語りの演劇（Narratives Theater）」というテーゼを唱え、その立場を様々な雑誌等で明らかにし始めたので、本書の解説では、彼の考えるドラマトゥルギーについても纏めてみた。こうして彼の代表作二篇を、翻訳と解説から立体的に日本に紹介できる機会がもてたことを大変うれしく思う。

戯曲作品は、逆説的に聞こえるかもしれないが、上演されてみて初めてテクストとしての真価が問われる。彼の作品は、これまでに日本では、二〇〇八年二月一六日に川崎市アートセンター・アルテリオ小劇場で『前と後』がタニノクロウ演出によってリーディング上演されたのを皮切りに、二〇〇九年三月一二日〜二二日に新国立劇場・小劇場で『昔の女』が倉持裕演出によって上演された。二〇一一年一二月一九日〜二〇日には国際演劇協会日本センター主催のもと、東京ドイツ文化センターで『イドメネウス』が田中麻衣子演出でリーディング上演された。

*

そして二〇一二年には、東海地域における主要な演劇拠点である名古屋市・大須界隈の七ツ寺共同スタジオが、「七ツ寺企画＋愛知県立芸術大学ドイツ語研究室」と銘打って「シンメルプフェニヒ特集」を組み、現代ドイツ演劇の一端を広く紹介するプロジェクトに賛同してくれた。前年から打ち合わせを始め、二〇一二年一月二一日に、まずリーディング上演として『アラビアの夜』が寂光根隅的父の演出によって日本初演された。続いて三月一六〜一八日には「七ツ寺プロデュース第一七弾」として、同じく寂光根隅的父演出による本公演『昔の女』が予定されている。この「あとがき」を書いている現在、我われはメーリングリストで頻繁に連絡を取り合いながら、「あいちトリエンナーレ二〇一〇」の会場にもなった長者町繊維街の「スターネットジャパンビル」で夜毎稽古に励んでいる。日本では公演の少ない現代ドイツ戯曲について、名古屋市民に広く紹介する良い機会になると同時に、この地域における演劇文化の活性化にも少なからず寄与するものと信じている。今年で創設四〇周年を迎えるというスタジオと愛知芸大とのコラボ企画に賛同し、演出を引き受けてくださったジャコウさんをはじめ、様々な意見交換を行った俳優の皆さん、七ツ寺共同スタジオの関係者には、この場を借りて厚くお礼申し上げる。

*

最後に、今回の名古屋公演に合わせて翻訳出版を相談したところ、快く刊行を承諾してくださり、煩雑な編集作業を円滑に進めてくださった論創社の高橋宏幸氏には心からの謝辞を捧げたい。また、ゲーテ・インスティトゥートからは出版助成のサポートを受けた。難解な現代戯曲を研究するにあたっては、いちいち名前を挙げないが、優れたドイツ演劇研究者の先輩諸氏から多くを学んできた。現場に立って舞台芸術と真剣に取り組んでいる演劇人からも日々、刺激を受けている。多くの仲間たちの助言や励ましに改めて深く感謝したい。本翻訳書の刊行が、ささやかながら現代ドイツ演劇の紹介と日本における研究の進展に資することになれば、幸いである。

二〇一二年三月　長久手・三ヶ峯の森にて

大塚　直

【著者紹介】
Roland Schimmelpfennig〔ローラント・シンメルプフェニヒ〕
1967年旧西ドイツ・ゲッティンゲン生まれ。現在、ドイツ語圏でもっとも頻繁に上演されている現代劇作家。代表作に『アラビアの夜』(2001)、『昔の女』(2004)、『今ここで』(2008)など。2009年にウィーンで初演された『金龍飯店』では、演出も担当し、自ら唱える「語りの演劇」を実践した。これにより、ベルリン演劇祭に招待されるなど演出家としても注目を浴び、2010年度のミュールハイム市劇作家賞を受賞、改めてその評価を決定づけた。

【訳者紹介】
大塚 直〔おおつか・すなお〕
1971年広島県生まれ。劇作家ボートー・シュトラウスに関する研究で博士号取得。現在、愛知県立芸術大学音楽学部准教授。専門は近現代ドイツ語圏の演劇・文化史。共著に『メディア論』、『演劇インタラクティヴ』、訳書にローラント・シンメルプフェニヒ『前と後』、ペーター・シュタイン／ボートー・シュトラウス『避暑に訪れた人びと』、『ゲオルク・ビューヒナー全集』(共訳) など。

アラビアの夜／昔の女

2012年5月20日　初版第1刷印刷
2012年5月30日　初版第1刷発行

著者　ローラント・シンメルプフェニヒ
訳者　大塚　直
装丁　奥定泰之
発行者　森下紀夫
発行所　論 創 社

〒101-0051　東京都千代田区神田神保町2-23　北井ビル
tel. 03(3264)5254　fax. 03(3264)5232
振替口座 00160-1-155266　http://www.ronso.co.jp/
印刷・製本　中央精版印刷
ISBN978-4-8460-1144-4